河南评论家文丛

网络文学『豫军』研究

王婉波 著

河南大学出版社
HENAN UNIVERSITY PRESS

·郑州·

图书在版编目（CIP）数据

网络文学"豫军"研究 / 王婉波著 . -- 郑州：河南大学出版社 , 2024.8. --ISBN 978-7-5649-6009-4

Ⅰ.I207.999

中国国家版本馆 CIP 数据核字第20246QS256号

项目总策划	侯若愚
责任编辑	陈　炜
责任校对	陈晓林
封面设计	翟淼淼
出版发行	河南大学出版社
	地址：郑州市郑东新区商务外环中华大厦 2401 号　邮编：450046
	电话：0371-86059752（大众文化出版中心）
	0371-86059701（营销部）　网址：hupress.henu.edu.cn
排　　版	河南大学出版社设计排版中心
印　　刷	河南瑞之光印刷股份有限公司
版　　次	2024 年 8 月第 1 版　　印次　2024 年 8 月第 1 次印刷
开　　本	890 mm×1240 mm　1/32　印张　5.625
字　　数	110 千字　　　　　　　定价　28.00 元

版权所有・侵权必究

本书如有印装质量问题,请与河南大学出版社营销部联系调换。

序：脚踏实地 仰望星空

婉波发来她的《网络文学"豫军"研究》书稿，让我写篇序言。作为导师看到学生不断进步，不断有新成果问世，我是欣喜的。

婉波是我招收的第一个博士生，当时我正办理调动，她来山东师大读博时，我正好离开了山东师大，此后对她的指导大多是通过微信、电话。这种培养学生的方式对学生是不利的，对于文学博士的培养来说，传统的师徒一起参加学术活动，经常一起聊天，潜移默化地对学生产生影响，对学生的指导和帮助才是最有效的。但我的印象中，婉波似乎并没有受这个不利的阻碍，她总是很快地完成课程论文，及时发来她的作业，一直是主动推动我对她的指导。这在90后学生里，是非常难得的。自2005年被遴选为研究生导师，我指导了几十个研究生，主动向老师求教的学生不能说没有，但被动等着老师找学生，等着老师催作业的学生还是绝大多数。

正是这种主动出击的态度，让我的教学变得不容懈怠，我必须跟上学生的步伐，自己跑快一点，才能及时引领学生。而这也是我所怀念的，我在读研、读博的时候，基本上都是我去找老师，拿着论文向不同的老师求教，或者写信向一些名学者求教，这种学术的方式让我受益匪浅。从婉波身上，我看到了那种因为热爱而专注的认真，那种我久违的一种学术热情。而婉波这些年一直保持着这种精神饱满的学术状态，博士毕业才三年，就已经完成了两部书稿，加上博士学位论文，她已完成三部书稿了，实在是令人欣慰。

今年11月初，我邀请婉波到安徽大学来与同学们交流，从她的讲述中，我了解到，她是怎样保持学术状态的。在读博期间，婉波有幸获得山东省教育厅博士生出国交流的项目资助，到美国圣母大学跟随海外著名中国网络文学研究学者贺麦晓做访问学者。在访学之前，她把可能要用到的资料全部扫描进电脑，进行分门别类整理。在访学期间，她每天以5000字的速度写博士学术论文，经过几个月的努力，她完成了40万字的博士学位论文初稿。她每周拿出2万字的稿子与贺麦晓教授进行讨论。当她把完成的初稿交给我时，我是吃惊的，我一般要求博士生在毕业前一年的国庆节前交学位论文的初稿给我，而婉波把这个时间提到了上半年的5月份，字数也远超一般要求的20万字左右。这种饱满的学术热情、积极的学术心态，还有严谨的作息安排、高效的研究写作方式是我所赞赏的。扪心自问，这种状态我是做不到的，我做研究往往会兜兜转转很久才会下笔，写作的状态是时而有、时而无的。从婉波的讲述中，我看到了她的严谨，她科学合理的时间规划，这是成为一个优秀学者的可贵品质。学术研究是长跑，需要用一生的时间去践行，婉波把网络作家日更的写作方式迁移到学术研究中，严谨、执着地做好每一天的阅读、思考、写作，这是非常值得肯定的。

这本网络文学"豫军"研究的书是婉波在疫情期间完成的，她从找到河南省网络文学学会开始，阅读作品，收集相关资料，对一个个作家邀约进行访谈，然后在所学的知识体系框架中对作家的创作进行梳理，归纳其特点，阐释其贡献，与作家对话，对网络文学发展中的重要理论问题进行探讨。这种踏实的，从上网开始，从阅读出发，由细读文本与作家访谈相互映照的研究方式也是我所提倡的。当下网络文学数量大，作家多，要进入研究场，需要克服阅读关，网络小说动辄几百万字，一个作家的写作文字量动辄一两千万甚至四五千万字，婉波以一人之力，对重要的河南网络作家群进行阅读，阅读量上亿，这种挑战难度的勇气是可贵的，在婉波身上我看到了一个90后学者的踏实与勤奋。

地域网络文学研究是有难度的。五千年文明看河南，三千年文明看西安,一千年文明看北京。河南自古是中原之地,是华夏文明的发祥地,文脉传承深厚,中原人坚韧、顽强,既脚踏实地,又仰望星空。但在网络文学语境下,文学的地域特点是隐性模糊的,甚至是匮乏的,网络升级、打怪、爽感、系统、二次元等特点,几乎是中国网络文学的标配。在互联网时代,世界已经大同,地球村变成现实,地域的特点被同一性所遮蔽。地域文学的特点,只有经过一字一字的阅读,在与作家交流对话的语言缝隙处,才可能捕捉到一些地域文化的蛛丝马迹。这也是这部书稿可贵的地方。婉波放弃了宏大的理论架构——尽管这对于她来说是便利的——选择了传统的研究方式,从作品的语言层、意义层及至作品的艺术特点、作家的艺术追求、作家的个性等层面入手,捕捉其中的地域文化特点。

如果将一个学者像作家研究那样分期,把个人的学术道路分成起步期、发展期、成熟期,婉波的这部《网络文学"豫军"研究》无疑是她学术起步期的作品,也许在理论深度和学术创新性上还有待深入,但婉波还年轻,她一直在进步。学术研究是一个不断自我积累、不断叠加、不断提升、不断沉淀、不断自我确证与发现的过程,这种面对研究对象,深入文本、深入现场,与作家对话、与时代对话的脚踏实地的研究无疑会让婉波受益的。相信婉波会以这本书的出版为起点,在未来网络文学的研究道路上一定能给我们带来更多的惊喜。我坚信并期待着。

周志雄
2023 年 12 月于合肥

目录

引言：网络文学"豫军"的壮大、特征与价值 / 001

第一章　河南省网络文学发展现状及路径思考 / 005

第二章　网络文学"豫军"崛起与中华文化书写 / 023

第三章　从"大流量"走向"正能量" / 031

第四章　玩梗、吐槽、热血、次元 / 045

第五章　在历史中重建"历史" / 057

第六章　在怪谈中探求人性 / 069

第七章　历史言情承载悲剧人生 / 081

第八章　像少年一样成长 / 089

第九章　多元素重组玄幻世界 / 097

第十章　"狂""爽""逆""仙" / 105

第十一章　浓烈的爱恨情仇 / 115

第十二章　反套路叙事 / 123

第十三章　从"期待感"走向"情绪"的爆发 / 135

第十四章　勤能补拙，努力从不停歇 / 141

第十五章　甜宠、暖萌、欢脱 / 147

第十六章　百变玄幻 / 159

后记 / 167

引言：网络文学"豫军"的壮大、特征与价值

习近平总书记在党的二十大报告上提出要传承中华优秀传统文化，要坚持创造性转化、创新性发展，进而不断提升国家文化软实力和中华文化影响力。2023年6月2日，习近平总书记在文化传承发展座谈会上就中华优秀传统文化"两创"的一系列重大理论和现实问题做了系统全面的阐述，为中国特色社会主义文化和中华民族现代文明建设提供了理论指导和行动指南。习近平文化思想也是以中华优秀传统文化为母本，以中华优秀传统文化创造性转化和创新性发展为蓝本，致力于中华文化思想的传承与发展。实施中华优秀传统文化传承发展工程，是建设社会主义文化强国的重大战略任务，因而，我们需要结合时代发展和当下的文化环境，探索中华优秀传统文化创新发展的路径和方法。

网络文学在发展过程中不可避免受到传统文化的影响，为此，对网络文学特别是河南网络文学中优秀传统文化"两创"问题进行系统的梳理、反思、建议与展望，推进中华优秀传统文化"两创"工作的顺利开展，进而铸牢中华民族共同体意识，提升中华文化国际影响力，显得尤为迫切和重要。

河南文学一直是我国文学的重要组成部分，网络文学的发展也毫不逊色。在全国网络文学发展势头如此良好的当下，河南网络作家队伍逐渐壮大，从在全国有影响力的几十人发

展到成百上千人。这支创作队伍遍布各地市,年龄跨度从60后到90后。一批知名的网络作家风头正劲,还有一批年轻的网络作家正在逐步崭露头角。关于河南网络文学发展机制、作家群体生存样态、文学创作类型等的学术性成果较少,且鲜少涉及对中华优秀传统文化传承与创新的探索。当前河南网络文学发展突飞猛进,对河南网络文学的研究也应该跟上步伐,故而,本论著的研究十分必要。

论著主要梳理网络文学"豫军"的出现、发展与壮大史,对网络文学"豫军"中重要的作家作品进行整理与分析,发掘网络文学"豫军"在文学创作中对中国故事、华夏文明的书写与传承,以更加全面、更加系统、更加专业的视角来论述这一文学队伍与文学现象的发生与发展。这对中国文学史特别是河南文学史的文献资料完善有极大贡献。

论著主要以河南代表性网络作家作品为例,在文本细读基础上,分析其在中华优秀传统文化的融入、中国故事的书写、中华文明的传递等方面的叙事特色。河南网络文学题材丰富,主要有玄幻、穿越、历史、都市、言情、种田、修仙等,基本涵盖了当前网络文学的所有类别。作家结合河南中原本土深厚的文化底蕴,使其依托丰富的中华传统文化资源,努力发展网络文学豫军,用网络文学书写中国形象,打造精品项目。如麦苏的《我的黄河我的城》,书写了黄河沿岸七十年的发展历程,展现新中国成立以来黄河周边地区翻天覆地的变化。会说话的肘子在小说创作中常以家乡洛阳为活动中心，书写洛阳当地的美食、环境、人文等内容，展现了洛阳历史文化和地域特色。庚新的历史小说展现魏晋、唐宋等时期的朝堂争斗、时代更迭。恋云的小说多是以洛阳、荥阳、郑州等地的历史故事为基底，在作品中展现河南地区悠久的历史和深厚的文化。河南网络文学从各类型题材、各个行业、各个领域展现中国传统文化、中国故事与中国精神。

河南网络文学及其发展有其独特性。河南改革发展中现实与历史表达的必要性，河南网络文学发展的政策引导、市场规范与管理、阅读平台征文比赛、读者阅读的新要求等多重因素，共同促进和推动了河南网络文学的发展及中华文化的书写。河南网络文学作家群在创作中融入了大量的生活经验，体现了纪实性、记录性写作；作家在实地考察基础上进行创作，将地域文化与传统文化相融合，这样既可避免网络文学的同质化倾向，创作出更多具有正能量、有价值的作品，也可推动河南网络文学走出一条健康良性发展之路。

河南网络文学是全国网络文学的组成部分，故而，及时了解河南网络文学特别是河南网络文学作家群的发展状况，并对其存在的问题深入探究，有助于我们宏观把握全国作家群体及其网络文学发展的整体运行机制，促进网络文学更好地发展。

第一章　河南省网络文学发展现状及路径思考

网络文学与互联网技术结伴而行二十多年，极大地改变了文学生产、发表、传播、接受、评论的原有模式。随着互联网技术的发展与普及，以其为载体创作、传播与阅读的作品越来越多，网络文学已是大势所趋，成为文化市场的宠儿，引领时代的潮流。截至2022年，网络文学市场规模达到389.3亿元，同比增长8.8%；网络文学作家数量已超2278万，涵盖57个国民经济行业大类；网络文学用户规模达4.92亿；2022年海外网文访问用户规模达9.01亿。[1] 网络文学在IP产业升级中实现了从"文"到"艺"、从"艺"到"娱"、从"娱"到"产"的业态联动。我国网络文学作品还远销海外，覆盖40多个"一带一路"的沿线国家，成为中国文化走向世界的排头兵。随着网络原住民"Z世代"的成长，越来越多的95后、00后加入网文创作行列。目前90后作者超五成，新生代作家快速成长，成熟作家继续创作，形成新老作家同时发力的局面。2020年11月阅文宣布成立"阅文起点大学"，

---

[1] 中国社会科学院：《2022中国网络文学发展研究报告》，2023-04-11，http://www.chinawriter.com.cn/n1/2023/0526/c457544-32695052.html.

发布"青年作家扶持计划",不断培养新生力量。网络文学评比大赛相继举办,推选优秀的、质量好的作品,以此带动网文创作类型的多元发展与质量的持续走高。同时,政府也逐渐加大管网力度,网文界也自觉践履社会责任,引导与监管并举,二者共同推进网文行业健康有序发展。网络文学在各方平台助力、几代作者持续发力、读者不断进场、行业秩序逐渐规范的情况下蓬勃发展,显示出强劲的发展前景。

网络文学发展势头如此良好,在全国遍地开花。几乎每个省份都有自己代表性的网络作家及作品。河南文学一直是我国文学的重要组成部分,网络文学的发展也毫不逊色。河南网络文学呈现出自己独特的发展特征,其发展状况如下:

一、网络作家人数众多

近几年,河南网络文学取得了长足发展,形成了以郑州为中心的网络作家群。据不完全统计,截至 2021 年,河南作家协会会员的网络作家(签约作者)数量为 280 人,其中男性 179 人,约占 64%;女性 101 人,约占 36%。收入情况年收入 3 万元以下的 122 人,约占 43.6%;年收入 3 万—10 万元的 110 人,约占 39.3%;年收入 10 万—50 万元的 26 人,约占 9.3%;年收入 50 万—100 万元的 13 人,约占 4.64%;年收入 100 万元以上的 7 人,占 2.5%。网络作家作品月更新情况为如下,月更新 6 万字以下的 77 人,占 27.5%。月更新 6

万—30万字的172人，约占61.4%；月更新30万字以上的31人，约占11.1%。在280名网络作家中，以网络写作为主业的203人，占72.5%；兼职77人，占27.5%。河南网络文学的创作类型以玄幻、都市、历史、现实题材、古代言情为主。河南现有网络文学平台1个——琅琊阁文学网，已完成作品数量为1407部。单郑州市就有网络文学创作人员1000人以上，其中加入中国作家协会会员12人，河南省作家协会会员45人，与国内主流网络文学平台签约的重点作家78人。签约的网站平台主要有起点中文网、17K小说网、百度读书、晋江文学城、新浪读书、咪咕阅读、逐浪网等。网络作家群体中知名度较高的作家有庚新、麦苏、会说话的肘子、我会修空调、萧瑾瑜、碳烤串烧、曾经的蚂蚁、苏月夕、烟波江南等。其中庚新、麦苏、会说话的肘子、我会修空调、萧瑾瑜等网络作家在全国具有较大影响力。目前，我省网络文学发展态势良好，队伍不断壮大，社会反响较好。

二、网络作家取得优异成绩

在网络文学发展初始便涌现出庚新、麦苏等创作质量较高的网络作家。近年来，河南网络作家队伍不断壮大，其中庚新任河南省网络文学学会秘书长，在"橙瓜网络文学奖"评选中位列百强大神，擅写历史类小说，文笔沉稳老练。会说话的肘子作为2020年起点新晋白金作家，所著作品《大王饶命》入选《2018猫片·胡润原创文学IP价值榜》榜首，获2018年中国原创文学风云榜男生作品第一名。2021年12月，会说话的肘子获得中华文学基金会第四届茅盾新人奖·网络文学奖。《第一序列》《夜的命名术》打破了多项纪录。作为新生代网文作家，其文风新颖，行文跳脱，剧情紧凑，语言风趣，人物讨喜。麦苏近几年创作了多部现实题材力作，其中《刺猬小姐向前冲》入选河南省委宣传部2019年度中原文艺精品创作工程重点项目，并于2019年获得江苏省网络作协、南京市文联和连尚文学共同主办的"庆祝新中国成立70周年"首届全国网络文学现实题材征文大赛完结组二等奖；《归时舒云化春雪》入选河南省作家协会2019年度重点作品扶持项目、郑州市第二十五届精神文明建设"五个一工程"。《我的黄河我的城》入选2021年度中国作家协会重点作品扶持项目。多部作品聚焦社会现实，扎根人民生活，展现着新时代年轻一代追梦圆梦的奋斗故事。安向暖，云起书院知名作家，作品《蜜爱百分百：校草的专属甜心》改编成网剧《班长"殿下"》在芒果TV播出，作品充满甜宠、元气、青春元素。苏月夕，第四届橙瓜网络文学奖年度十大最具成长力大神，文风不拘一格，擅于玄幻、仙侠等。大量河南网络作家取得了优秀成绩。同时，近些年麦苏、苏月夕、碳烤串烧、小小羽、烟波江南、萧瑾瑜等一批有实力的网络作家也先后加入了中国作家协会。河南网络文学得到飞速发展。

三、网络作家生存状况逐渐改善

总体上看，河南网络作家收入情况良好，全职和兼职作家都有。网络作家通过与平台签约等形式开展文学创作，越来越多创作者加入这个行业。但目前网络作家认可度较低，很多作家经常高强度码字，身体健康没有保障。河南网络作家也面临相同问题，主要体现在以下几方面：一是家庭成员不认可。网络文学作者大多为自由职业者，每天工作即为作品的连载更新，一部电脑连通网络即可完成。长时间不与外界交流沟通，即使是最亲近的家人对其生活、工作状态也难以全面了解。他们是职业创作者，但家庭成员对于这一职业的认可度相对较低。二是社会不理解。虽然目前网络创作群体收入相对提升，但在社会上并没有被完全认可。更多人将其看作自由职业者，呈现出一定的不稳定性。三是单独作战，缺乏保障和关爱。网络作家处于无组织状态。大部分作者散落社会，与网站平台、开发商等更多是商业利益的关系，缺少归属感和专业认同。网络作家与文学网站之间虽然签订了合同，但所签订的一般是版权合同，而不是劳务合同，他们的收入来源于版权合同，但缺乏医疗保险、养老保险等保障。他们无法享受传统行业劳工关系所带来的"五险一金"待遇。对于网站来说，他们最为关心的是签约作家是否能够为他们带来经济利益，作家的健康和生存状态不是他们关注的重点。在这种情况下，职业网络作家安全感较低。无法获得保障的他们只能通过赚更多的钱来保障自己的生活，经济压力无形之中加大，迫使他们高强度地码字以换取更多的经济支撑，夜以继日地码字又将形成健康隐患，如此反复，最终造成恶性循环。网络文学产业的繁荣使网络作家这一职业呈现高度商业化态势，网络作家一般会和网站签订商业合同，根据合同保障自己的权益。但在与网站的签约关系中，网络作家往往处于弱势地位。目前，河南省作家协会、网络文学学会等开始关注网络作家生存状况和权益问题，相关扶持政策正在逐步落实。

四、网文发展显有成效

阅文集团《2021 网络文学作家画像》数据显示，河南网络作者数量居全国第二。河南网络文学总体水平也位列全国前列。与影视行业、文创产业相比，河南网络文学与其他地区相比差距较小。其主要体现在以下方面：一是网络作家方面。河南网络作家在全国享有相当知名度的作者，有 20 人以上。这些作者有一定的代表作，有些作品获得省部级以上的创作扶持，有些作品获得省部级以上的奖项，为业内所认可。河南省网络作家超 90% 聚集在行业内标杆性的网络文学网站，如起点中文网、晋江文学城、番茄小说、咪咕阅读、17K 小说等。这些小说网站流量较大，对作家的签约标准较高，能够签约在这样的网络文学网站，并进行正常的连载更新，本身就彰显了网络作家自身的创作能力和业务能力。二是网络作品方面。河南签约作家的签约作品数量，人均三部以上。高产作家名下作品五部左右，质量处于中上乘。许多网络作家的作品，多版权开发，改编为电视剧、电影、有声书、广播剧、漫画、动画等。三是网络文学品牌活动方面。河南省各项评奖已将网络文学列入其中，虽然品牌活动还比较少，但网络文学学会已成立，相关策划正在不断地向网络文学倾斜。

五、网络文学政策大力推进

跟随全国网络文学发展步伐，河南省网络文学建设工作也积极展开。2016 年 8 月 2 日河南省网络文学学会在郑州正式成立，会议通过了《河南省网络文学学会章程》，选举何弘为河南省网络文学学会会长、刘峰晖为秘书长，乔叶、陈宏伟、冻凤秋、李啸、张富领、刘峰晖（庚新）、吴元成、甘海晶（度寒）、卢瑞芳（苏迷凉）、寇彬（小小羽）、刘少军（豫西山人）、李小静（仙人掌的花）、高阳（疯流财子）、刘强（九哼）等当选副会长。网络文学学会的成立为河南网络作家提供了"大本营"，引导成员成为更有担当和追求的网络作家。学会也致力于探索建立网络文学创作评价体系，完善网络文学生态环境。2020 年 9 月 21 日由中国作家协会网络文学中心指导，河南省作家协会、河南省文学院主办的河南省网络文学骨干研修班开班，来自河南各地的50余名网络作家参加此次研修班。会议上河南省文联主席、河南省作协主席邵丽指出，作为网络作家，要以"降速"为手段，以"提质"为目标，让网络文学步入"品质写作"的快车道，以此在不断扩大、夯实河南网络文学创作队伍基础上提升网络文学作品质量。

2021年1月河南两会期间，有省委委员强调"要引导网络作家健康成长"，体现了河南省政府对网络文学的重视。一是出台了相关政策。产业方面，如郑州市出台了《郑州市建设文化旅游强市支持文化产业发展实施细则（试行）》（郑宣文〔2021〕52号），其中安排专项资金对文化产业园区进行支持，网络文学村、网络文学创作基地等建设可争取这方面的支持。在创作方面，出台扶持政策《郑州市建设文化旅游强市文艺精品创作扶持奖励实施细则（试行）》（郑宣文〔2021〕53号），文件明确：①扶持范围包含网络文学，每年面向社会公开征集文艺精品创作项目，市委宣传部通过组织评审择优立项扶持。②经认定的文艺名家工作室，可按年度申请不超过10万元的资金扶持，扶持时间一般不超过5年。二是网络文学发展列入了市作协的规划。2021年1月，郑州市作家协会召开第四次会员代表大会，顺利完成换届，市作协第四届主席团吸纳了刘峰晖（庚新）、寇彬（小小羽）两位网络作家为副主席。市作协工作报告明确了郑州文学发展的六条思路,在其中第五条"要加速创新融合发展,在发掘本土文化品牌与打造文学亮点上彰显新思路"中,把"加大对网络作家的关注力度"作为打造郑州文学的三个亮点之一。2021年6月,郑州市网络作家协会成立,以创造性转化、创新性发展来提升网络文学创作品质,实现网络文学的产业化运作。网络作协的成立是郑州市委、市政府对网络文学重视的体现,一个小小的"网络作协会员证",大大提高了网络作家在社会上的认可度。

六、区位优势

网络作家自由度高,一部电脑联通网络即可创作。河南聚集了很大比例的网络作家。省会郑州交通方便,便于全国各地的网络作家聚集、创作。郑州位居中原之中,承东启西、连南贯北。近年来,郑州市按照国家战略部署,把规划建设国际性综合交通枢纽置身于服务全国发展大局中谋划推进,着力打造服务"一带一路"建设的国际性现代综合交通枢纽,并取得明显成效。初步形成以航空枢纽和铁路枢纽为核心,高速铁路、高速公路为主骨架,城际铁路、普速铁路、普通干线公路为补充的综合交通运输体系。郑州除交通方便外,教育、医疗行业发达,为在郑创作的网络作家解决了个人健康、子女教育、父母养老等后顾之忧。

中共中央、国务院前不久印发了《黄河流域生态保护和高质量发展规划纲要》(以下简称《纲要》),《纲要》第十二章第三节"讲好新时代黄河故事"中明确要求,要"实施黄河文化海外推广工程,广泛翻译、传播优秀黄河文化作品,推动中华文化走出去"。《纲要》第十二章第四节"打造具有国际影响力的黄河文化旅游带"中指出,"实施黄河流域影视、艺术振兴行动,形成一批富有时代特色的精品力作"。河南可依托"中国(郑州)黄河文化月"这一平台,发挥网络文学的国际传播优势,讲好新时代黄河故事,打造具有国际影响力的黄河文化产业链。

网络作家和传统作家一样,都需要深入体验生活,有生活的感触和积累,河南丰富的文化资源为网络作家提供了创作源泉。河南是华夏文明的重要发祥地,是展示中华文明、黄河文化发展主线的核心地区。习近平总书记调研时形象地说,河南"伸手一摸就是春秋文化,两脚一踩就是秦砖汉瓦"。2019年9月18日,习近平总书记在郑州召开黄河流域生态保护和高质量发展座谈会,提出要大力保护、传承、弘扬黄河文化。河南是黄河文化的肇始、发展、繁荣、集大成的区域,河南文化具有历史久远、传承有序、数量众多、内涵丰富、价值突出、地位显著等特点。河南的列子、韩非子、杜甫、白居易、李商隐、刘禹锡、欧阳修等一大批先贤人杰(也都是作家)影响广泛;豫西抗日先遣支队革命遗址等红色文化遗存保存良好;运河文化、铁路文化对河南文化影响深远。这些丰富多彩的文化资源为网络文学创作提供了坚实的积淀和支撑。

七、城市文化包容

河南文化包容性强。中原自古为兵家必争之地，各民族在此融合、交往，人员南来北往、东奔西走。作为中原城市群的核心，河南的城市性格里，始终流淌着包容的血液，迎接每一个追梦人的到来。这里的人来自五湖四海，一起为这座城市的发展发光发热。比起已经成熟的一线城市、沿海城市，这里有更大的发展空间，同时也充满了各种机遇。省会郑州是一座极具温和性的城市，这种包容的文化与网络文学从业者的创业气质很契合，故而城市文化的包容性是郑州乃至河南发展网络文学的一大优势。

虽然河南网络文学有一定的发展，但较之浙江、上海、广东、江苏等地区还有一定差距。北京市委、市政府在2018年制定了《网络文学阅评工作实施办法（试行）》，以完善和规范网络文学发展，保障网络文学质量。上海也在2018年出台了《上海市文学创作系列网络文学专业职称评审办法（试行）》，在网络文学行业建立了职称评审制度，推动网络文学行业健康、良性发展。浙江省在《浙江省文化产业发展"十三五"规划》中提出"支持杭州打造成为全国知名的网络文艺之都"，并开展相关活动，践行这一发展工程。网络文学发展大省纷纷采取不同措施促进该区域网络文学的大力发展，河南网络文学该如何紧跟步伐，发展好自己？以互联网为媒介发展起来的网络文学既是文学作品又是互联网产品，该如何促进其产业发展？这都是摆在我们面前的问题。

网络文学是河南文学的重要组成部分，网络作家也已成为河南省青年创作群体中的重要力量。但河南省网络文学在创作队伍的沟通与互动、创作群体的数量与实力、评论研究的促进与推动、相关机构的助力与扶持、产业的开发与挖掘等方面还存在很大发展空间。发展机制方面可在结合自身特色基础上借鉴其他省份经验，探究其背后发展规律，推动网络文学从 1.0 作家创作高地到 2.0 组织化、主流化再到 3.0 产业化与国际化[1]方向发展，从而推动本省网络文学的发展繁荣。

当前河南省网络文学成绩与问题并存，为促进我省网络文学发展，可以从以下几个方面入手：

一是继续壮大网络文学创作队伍，在成熟作家的带领和影响下发展新生力量。"互联网 + 文学"的模式开创了前所未有的文学大众化时代，中原地区也不例外，催生出了大量网络作家和网络文学作品。互联网时期人人是作家，每个人都有机会在网上发表作品，表达欲望。而读者也可随时随地地

---

[1] 田璐、严粒粒：《浙江网络文学如何走在文艺发展前沿？专家在杭热议》，2019-12-16，https://zj.zjol.com.cn/news.html?id=1347340

反馈自己的阅读感受。在此互动下，网络文学的创作驱动力一直存在，也催生着大量网络文学作品的诞生。但网络文学领域存在严重的金字塔现象，大量的资源、市场、资本都集中在极少数的大 IP 手中，这难以满足和解决中下游作家的需求，故而，为了推动河南网络文学的持续发展，在保障成熟作家持续发力的同时，发掘和助力新生作家是一件重中之重的大事。河南省应积极出台创新人才引进和培养政策，加大对网络作家的引导和服务力度，做好网络作家权益维护、职称评定、学习培训等一系列服务，促进豫籍网络作家回流，提升地域认同感，打破学历局限和户籍局限，吸引外地网络作家来豫创业。

二是政府扶持鼓励行业发展，完善相关配套政策，在团结、引导和支持网络作家创作上发力。相关部门要加强和网络作家的联系，充分利用河南文学已有的作家资源，拉动传统作家与网络作家间的联系与互动，相互学习，扬长避短，提升质量。建立活动、培训、管理等多方面互动共享平台，完善网络作家的持续培养机制。如可与国内、省内知名高校合作，定期举办网络作家培训班、研修班；邀请知名专家来传道授课，提升网络作家创作水平，拓宽其视野。作者群体专业素养的不断提升和创作环境的持续优化能促进我省网络文学行业的持续发展。政府及相关机构应充分发挥行业组织作用，为推进网络文学发展凝心聚力。

三是提供优质的网络文学作品始终是河南省网络文学发展的根基,要鼓励和促进主流作品创作。省作协及网文学会可自上而下对网络文学创作进行扶持和引导。结合河南中原本土深厚的文化底蕴,引导和培养网络作家,使其依托豫中文化资源,打造网络文学豫军,用网络文学书写河南中原形象,打造精品项目。如麦苏在《我的黄河我的城》中以黄河沿岸郑州市民生活为蓝本,讲述了几代人自改革开放以来的奋斗历程,将地域文化融入文学创作,这样既可避免网络文学的同质化倾向,创作出更具正能量、有价值的作品,也可使河南省网络文学走出一条健康良性发展之路。当下网络文学虽然类型多样,但模式化、同质化倾向严重,因此需要降速、提质。网络作家应自觉坚守社会责任,坚持文学品位与艺术追求,创作出有价值、创新性强的作品,依靠自律与他律推动网络文学高质量发展。

四是举办征文比赛,既可设立全国性的比赛,也可创办省内比赛。这样既可增强和激发省内网络作家创作的积极性,提高作者创作热情,丰富作品类型,不断创新,也可使省内作家走出去,促进省内省外作家之间的互动交流,增强河南网络文学在全国的影响力,使省外网络文学研究者和创作者将目光集中到河南网络文学的发展上。当前网络文学比较有影响力的比赛,如由上海市新闻出版局支持、阅文集团旗下多家知名原创文学网站联合主办的"网络原创文学现实主义题材征文大赛",江苏省网络作家协会举办的泛华文网络文学"金键盘"奖,杭州市文学艺术界联合会和中共拱墅区委宣传部联合主办的大运河网络文学征文比赛,江苏省委宣传部、省新闻出版局、省作家协会举办的扬子江网络文学原创作品大赛,深圳市作家协会联合阿里文学举办的"大湾区杯(深圳)网络文学大赛",以及各大文学网站举办的主题比赛等等,这些比赛在丰富和促进全国网络文学发展的同时,也在不断地加强着各地区在全国网络文学发展中的参与度与影响力,进而促进省内网络文学的发展。河南省网络文学建设也应该有自己盛大的赛事,由此推动本土网络文学的发展。

五是坚持"走出去"战略,不断提升河南省网络文学发展质量。当前相关机构还不善于利用互联网这个传播迅速、交流便捷、深入大众的工具来进行宣传、扩大影响,提高作家作品知名度。不管是在内部自身的宣传、介绍方面,还是在与外部的合作方面,都应积极利用好互联网这个工具。一方面,与文学网站建立多线战略合作方式,促进两者互助互利。目前我省网络文学队伍不断壮大,多位知名作家已签约主流网站。应不断加强网站与作者间的协作,增强河南网络文学在全国的影响力。另一方面,还要积极走出国门,开展对外交流。当前网络文学已翻译到全球四十多个国家,我省网络文学作家应积极加入这一轨道,充分整合各方资源,开

展对外交流。当前网络文学已翻译到全球四十多个国家,我省网络文学作家应积极加入这一轨道,充分整合各方资源,开展国际交流活动,利用互联网技术和网络平台在国际舞台展示中国传统文化和河南特色文化的多彩魅力。

六是推动我省网络文学 IP 产业运营与发展。加强与影视行业、文化机构联系,助力我省网络文学作品在影视、动漫、游戏、有声等方面的版权开发,积极发展泛娱乐生态。网络文学从早期"为爱发电"转变为 VIP 收费阅读,近些年来,又从单纯的付费阅读模式变为付费+IP 开发模式,从此网络文学已经走上了全版权运营的泛娱乐化阶段。在资本入场、消费主义横行的当下,网络文学市场价值已突破百亿元,在如此庞大的经济价值变现下,网络文学作品 IP 的市场变现能力也水涨船高,网络作家也纷纷坐上这趟快车,位居当代文学作家榜榜单之上。唐家三少长期以高额收入霸占榜首。对于这些网络作家而言,他们作品市场价值的成功变现很大程度上得益于遵循了 IP 开发路径及模式,得益于政策扶持背后网络文学产业链的建构。如此的市场运行规则放到河南网络文学生态圈里,也能发生有效的化学反应。当前部分河南网络作家的作品也开始走上了 IP 开发之路,如麦苏的《荣耀之上》影视版权已售卖,安向暖的《蜜爱百分百:校草的专属甜心》等被改编成网剧,萧瑾瑜、苏月夕等的玄幻小说的有声书改编反响极好。当前,我省需要积极开拓网络文学产业开发，推动影视、动漫、游戏等相关行业聚集，加速产业布局，建立完善成熟一体化的产业基地。IP 开发会把网络文学推向多元化和多层次发展之路，带动其更长远地发展。江苏省在 2018 年便打造了"江苏网络文学谷"，它建立了以原创网络文学精品为源头，以 IP 版权转化为纽带，集影视、游戏、动漫、有声等泛娱乐全产业链园区，推动了当地网络文学发展。由此可见，网络文学已成为全国各地文化产业发展的重点，而 IP 运营已成为网络文学发展的主要模式和重要方向。

七是创建网络文学评论队伍，加强省内网络文学作家作品评论，积极召开相关主题的研讨会，探索建立网络文学评价体系，促进网络文学精品化发展。专业的网络文学评论一方面可以引导、纠正网络作家的创作方向，一方面还可调整格调不高与过度商业化的创作倾向，促使网络作家打磨精品力作，在题材、叙事、内容、形式上下功夫，勇于开拓创新，从根本上提升网络文学的创作力。如可在本土相关文学评论期刊或文学网站上开辟网络文学评论专栏，成立专门的网络文学研究机构，举办网络文学作家作品研讨会等，逐步建立起本省网络文学评价团队和模式。对比湖南、浙江等网络文学发展热门地区，前有中南大学的欧阳友权团队，后有"网络文学作家村"，这都占据了地域上的先天优势，以此推动当地网络文学发展。河南省也应注重这方面的发展。

对于河南网络文学发展来说,开放政策红利是前提,壮大作家队伍是基础,培育优质作品是重任,整合各方资源是条件,集中精力打造品牌是特色,引入市场资本是必行之举,促进IP开发是关键。河南一直是文学强省,网络文学创作同样不甘示弱。河南省应该结合自身优势,在推动网络文学发展方面实行多项举措,紧跟时代潮流,抓住市场机遇,文产结合,主动探索与布局,促使本省网络文学形成区域化、差异化、特色化发展路径,推进河南省网络文学在规模、质量上共同提升,从而迈向精品化、有序化、规模化、行业化、产业化、生态化发展。

第二章　网络文学"豫军"崛起与中华文化书写

　　随着计算机技术的迅猛发展，人类在 21 世纪逐渐进入网络时代。文学也顺其自然地搭上了这趟快车，并很快地借助网络平台发展起来，网络文学在此背景下应运而生，与传统的纸质印刷文学形成分庭抗礼之势，从而影响和改变着我国文学发展的总体格局。

　　在全国网络文学发展势头如此良好的当下，各地区也遍地开花，各个省份都有自己代表性的网络作家及作品。河南文学一直是我国文学的重要组成部分，网络文学的发展也毫不逊色。网络文学"豫军"根植中华文化沃土，勇于挺立时代潮头，从中国文学和河南文学传统中吸取资源，以实力强劲的作家队伍、风格鲜明的创作特征和丰硕的创作成果，既丰富了中国网络文学的发展布局，也助力了河南文学的繁荣发展。网络文学的兴起与发展，为河南文学注入了新力量、新活力和新样式，构建了河南文学的新景观。

　　中华文化是网络文学"豫军"创作的肥沃土壤。传承和弘扬中华文化的思想精华，对于网络文学具有固本培元、强筋壮骨的作用。河南网络文学的创作实践彰显了只有将中华民族优秀的传统文化转化为文学作品的艺术魅力与精神血脉,网络文学作品才能传承民族精神,建构出和人民大众血肉相连、与时代同频共振的精神家园。河南网络文学只有从中华文化特别是中原文化中汲取思想精华与历史文明,大力书写中国故事,才能传承华夏文明,弘扬民族精神。中华文化成为河南网络文学的精神给养。

黄河文化是中华文明的重要组成部分,是中华民族的根和魂。麦苏《我的黄河我的城》聚焦黄河文化,展现了黄河沿岸四代子孙的奋斗历程。通过四世同堂的大家庭,刻画了大时代中的芸芸众生相,书写了一段由乡村到城市、由小城市到大都市、由贫穷走向繁华的时代变迁史,淋漓尽致地展现了新中国成立后社会发展、时代变革的历史轨迹。作品记述了为求生存漂泊异乡的第一代邵家人"靠河求活"、追索发展的第二代邵家人"进城谋生"、沐浴在改革开放之中的第三代邵家人用"知识改变命运"、完全过上现代化生活的第四代邵家人在繁华盛世之中克服迷茫的多样故事。每一代邵家人身上都有深刻的时代烙印,四代黄河儿女充分展现了勤劳质朴、聪明肯干的优良品质,在时代浪潮中通过努力不断改善自身生活,作者以此为背景也充分展现了社会发展的壮阔场面。作品真切地书写了一代代黄河沿岸中国儿女奋发图强、积极向上、死磕到底的民族精神与豪迈气概。麦苏的小说通过讲好"黄河故事",延续历史文脉,深入挖掘黄河文化蕴含的时代价值,来传递文化自信,为实现中华民族伟大复兴的中国梦凝聚精神力量。

另外,麦苏的《寰宇之夜》以传承中华美学精神的新一代舞台编创人员为主角,讲述他们在流量爆炸的年代里,将传统文化赋予新的表达形式,进而令其焕发生机,让留存千年的中国艺术精神与现代科技结合,让观众穿越千年,在华美壮阔、祥和热闹的舞台上感受中国山水自然之美,感悟天人合一、物我浑化的中国艺术精神和艺术意境。作品表现了新时代传统文化艺术发生的巨大变迁以及人民审美水平的提高,热忱描绘了新时代新征程上一群可爱的文化工作者,讲述他们如何传承、弘扬中华优秀传统文化,如何用情用力讲好新时代中国故事,如何向世界展现可信、可爱、可敬的中国人的形象。作品不仅刻画了沈妍和、孟行辰、赵清梦等一批热爱传统文化,立志将传统文化发扬光大的年轻人群像,还强烈表达了对传统文化的艺术欣赏和高度赞美,是一部力求"讲好中国故事""传递中国声音""传承中国传统文化"的优秀网络文学作品。

洛阳网络作家会说话的肘子在小说创作中常以家乡洛阳为人物活动中心,书写洛阳当地的美食、环境、人文等,如市委家属院、洛城外国语高中、洛城一高、羊肉汤、牛肉汤、解放军军校等洛阳标志性建筑、地名及美食常出现在其作品中。会说话的肘子常在作品中借书写洛阳帮助自己更好地建构世界观,把握作品真实感,同时也展现了洛阳历史文化和地域特色。洛阳作为华夏文明的发祥地之一，史上先后有十多个王朝定都于此，作为丝绸之路的东方起点，隋唐大运河的中心，洛阳融贯古今。在作者的带领下，读者通过阅读作品穿越古今，感受洛阳历史沿革与深厚的文化气息。

　　小小羽的都市修仙小说，每部作品都涉足一个新的领域，有古玩领域、中医学领域、八卦占卜领域、赌石领域、美食领域、军事征战领域等，这对作者的知识储备是很大的考验。作者在细节描写与宏观架构双向结合下将作品引向"行业流""专业流"方向，使其作品成为某一领域或专业的"行业向小说"。而无论是古玩鉴赏，还是中医看病、易经占卜，都是在介绍我国的历史文明，弘扬中华文化。另外，小小羽在小说中常采用真实地名，如《超级黄金手》中郑州、南阳、信阳、北京等名字的使用，这在增强作品真实性，拉近作品与读者之间距离之外，还给小说增添了一份地域色彩，抒写和弘扬了河南中原文明与文化底蕴，展现了中原本土地域特色和城市发展。而中国、日本等国家地名的使用，也在增强故事真实性的同时，为每一件古物或国宝笼罩上历史色彩，将读者拉回到历史时空，感受每一件国宝背后蕴藏的中华民族博大深厚的文化底蕴。

　　习近平总书记在河南视察时曾形象地说，河南"伸手一摸就是春秋文化，两脚一踩就是秦砖汉瓦"。河南网络作家十分注重对历史文化的撷取与书写。庚新钟情于对历史的讲述，其笔下多部长篇小说以历史上真实存在过的男性人物为叙述中心，采用以人带史的方法书写宏大格局的历史图景。其历史小说的节点主要集中在三国、隋唐和宋末等时期，考古当今洛阳、开封等多座历史古城。小说里随处可见的历史知识和常识，如货币、建筑、官职、地名、食物等，讲述众多历史名人的生平、经历，展现历史事件及其发展脉络。其中有据可考的历史事实、精练娴熟的语言表达、鲜活多样的历史人物、随处可见的引经据典、信手拈来的历史知识，都体现出作者不俗的历史功底与文学造诣。除了对历史的还原与重建，庚新还在作品中融入大量古代礼仪制度、风俗习惯、诗词歌赋等，对人伦道德、儒家文化、风骨精神等进行探寻与描写，这在《宋时行》中有鲜明体现，其作品也展现了丰富的文化意蕴。

豫西山人的网络小说以红色军文为主，《重生之红星传奇》以红军长征湘江惨败为切入点，本着既符合历史真实，又弥补历史缺憾的原则进行合理想象，上传发布后，受到读者欢迎，丰富了红色军文流的类型创作。小说围绕男主人公刘一民从军经历展开叙事，通过他的抗战历程展现了我国军人在战争年代英勇抗战、流血牺牲的不朽历史，展现了先辈们坚守初心和信念的使命担当精神以及他们勇往直前的拼搏精神。《重生之将星传奇》作为一部军旅历史小说，展现了中国红军在战场上抛头颅洒热血、捐身躯照汗青，不断收复失地,将敌人赶出中国国土的辉煌历史。在抗战的艰苦年代,男主人公萧四明带着八路军一一五师的36名伤员,在血与火的碰撞中,打造了一支由小变大、由弱变强的百战雄师,与日寇铁血对决,演绎出波澜壮阔的铁血传奇。抗战历史小说展现了新中国成立的艰辛和中国人民付出的汗水与鲜血。无数先烈勇敢拼搏,无数次跌倒再爬起,一次次在浴火中重生。豫西山人的作品展现了先辈们不怕牺牲、意志坚强、英勇奋战的军人精神,体现了中华民族艰苦奋斗、不畏牺牲、危难时刻挺身而出的优良品质。

作为河南网络作家,恋云的小说多是以洛阳、荥阳、郑州等地的历史故事为基底,对该地区的历史变革、朝代更迭、风俗民情、美食服装、书画礼仪等进行深层次描写,一定程度上宣传了中原地区的风土、人情、历史、文化;被誉为"玄幻小天后"的苏迷凉,对玄学、周易、中医、风水等有深入研究,在创作时也常融入中华文化元素,将地域文化与传统文化相融合。

河南网络作家注重对中华文化的汲取,在丰厚的历史土壤中锻造深层文化价值。网络文学"豫军"在不同类型题材上的书写与坚持,既承袭着传统文学的血脉,又保留网络文学的骨血,试着打通传统文学与网络文学、精英文学与通俗文学之间的界限,满足读者介于"雅"与"俗"之间的阅读需求,为网络文学的长久发展探索了一条精品化、主流化创作之路。

网络文学承担着弘扬中华文化、记录丰功伟绩、传承时代精神、传递中国声音、讲述中国故事的重任，这是时代的选择，也是网络文学走向主流化、经典化的必经之路。河南网络作家在创作过程中自觉拥有这样的创作意识，通过文学作品弘扬时代精神、回忆奋斗历程、纪念人民英雄、展现中华文化、书写中华文明，以此传递正能量，影响青年一代读者树立良好的价值观。

第三章 从"大流量"走向"正能量"
——麦苏网文之路的选择与坚守

麦苏（亦曾用笔名度寒），原名甘海晶，中国作家协会会员，河南省网络文学学会副会长、副秘书长，鲁迅文学院第八期网络作家班学员，连尚文学逐浪网签约作者。麦苏可谓百变女王，从2006年出版第一本小说《银狐传奇》开始，其作品类型多样纷呈，跨度颇大。有总裁文、萌宠甜妻文、养成文、穿越文、双强双宠文、现实题材文等。整体而言，作品风格轻松诙谐，字里行间透露出积极向上、朝气蓬勃的气息，小说清新幽默、欢快明朗，读起来爽快易懂，适合闲时消遣、自我宣泄。麦苏的作品在IP开发方面取得了很好的成绩。《未经安排的青春》已被改编为同名电视剧，《强宠豪门小萌妻》《怪力少女虐爱记》两部作品改编的漫画总点击量超过20亿次，《与国民老公试婚》已签约漫画改编。多部作品经历线下出版、有声开发。

从她作品的风格与类型转变过程可以窥视到二十年来网络女频文主题与类型的变化及发展趋势。早期作品以言情小说为主，古言和现言各具风采。早期作品的标题过于通俗易懂，具有鲜明的网文特征。如《王妃水嫩嫩：我的爷，别太坏》《粉嫩夫君是匹狼：独自去偷欢》等，标题富于欲望与挑逗色彩,是网络文学中走流量与市场,以"噱头"和"词语"吸引读者的类型小说。可以看出其面向的读者群是相对广泛和大众化的,即文化学识不太强的,对小说审美性、艺术性要求不高的,以消遣、闲乐为主要需求的一批女性受众。《被囚禁的亡国公主:誓不为后》和《穿越沦为皇宠:倾城帝妃》在90后当中具有相当高的人气,在网络上的点击量也极高。《退婚后我把反派脸打肿了》也获得较高关注度。麦苏笔下的古言小说情节离奇跌宕,铺陈紧凑,语言精美,情感细腻,甜宠满屏,符合当前年轻人的阅读口味。现代言情小说以总裁文、萌宠甜妻文为主,《甜妻萌宝:总裁爹地要克制》《与国民老公试婚:宝贝,别怕》《大总裁,深深爱》等作品高糖甜宠,男主高冷深情,女主冷艳软萌,典型的霸道总裁+甜宠+爽文的模式。男女主人公的生活往往超脱于普通大众所遭遇的现实境地,而多呈现出舒适、多金、富有的状态;故事情节灵巧多变,精简老练的文字吸人眼球。爽式的情节设置与一波三折、有松有紧的节奏把握使每部作品都具有极强的吸引力,使读者能瞬间投入进去,一直读下去。

  近几年麦苏转战现实题材领域,创作了几部现实题材网络小说,聚焦消防员等平凡英雄的日常生活,关注刺绣等中国传统艺术,传承中华文化精髓。这些作品都取得了显著成绩。2018年创作的现实题材作品《刺猬小姐向前冲》,入选河南省委宣传部2019年度中原文艺精品创作工程重点项目,荣获连尚文学"庆祝新中国成立70周年"首届全国网络文学现实题材主题征文大赛完结组二等奖。2019年创作现实题材作品《归时舒云化春雪》，入选河南省直文艺创作人员"深入生活、扎根人民"创作扶持和河南省作家协会重点扶持作品。《荣耀之上》入选2020年度河南省精神文明建设"五个一工程"重点创作项目。《我的黄河我的城》入选2021年度中国作家协会重点作品扶持项目。作品《生命之巅》入选河南省2021年度重点文艺创作项目，入选2021年咪咕文学"她力量"年度作品，获第六届"咪咕杯"IP赛道铜奖，被中国音像和数字出版协会列为2022年数字阅读推荐作品，获郑州市第二十三届文学艺术优秀成果奖。2022年7月，作品《陶三圆的春夏秋冬》入选2022年中国作家协会重点作品扶持项目。但同时，她也在继续坚持着另一条风格不同的创作道路，新书《退婚后我把反派脸打肿了》以直白、通俗的标题吸人眼球，走流量路线，故事节奏性强，爽感十足；主流与流量，麦苏两个都想要，两手都要抓，在主流与市场、艺术追求与生存焦虑中谋求发展。

一、网络文学是网络时代的产物

麦苏从小便爱读书。家中藏书丰富，父母也多鼓励她阅读，在这样的家庭氛围中长大，她从小就养成了爱看书的好习惯。《西游记》《三国演义》《儒林外史》《围城》《平凡的世界》

《金庸全集》等经典著作成为她业余时间的读物。父母是她的精神导师，经常引导她阅读和理解这些好书，和她一起探讨这些文学作品的意蕴与深度。上大学期间她也常常去图书馆看书，一次性抱几十本书回来，夜以继日阅读，沉浸在书的温床中。她始终抱着享受、学习与探究的心态阅读，以此丰富自己的人生阅历与精神世界。

早在中学时期，麦苏就在《少男少女》《作者通讯》等纸质杂志上发表过文章，"对一个十几岁的孩儿来说，自己的文章能刊印在杂志上，还有几百块钱的稿费，是一件很开心的事情"。写作给麦苏带来了"甜头"，她希望能继续把自己的所思所想转换为文字呈现在纸张上供大家阅读。

读大学阶段，互联网技术在我国迅速发展。麦苏对网络世界充满好奇，在网上"冲浪"时发现了"新大陆"，"网络上也有原创文学，我便加入了进来"。"当时是网络文学初期，还没有阅文，叫腾讯文学，是最早的一批文学网站，依托于QQ成立的。小说都在QQ浏览器上，内嵌在QQ里面。一开始是不要钱的。那时候是'包月'。读者开通包月后可以看上面所有的书，6块钱一个月。我们站里面，一个月拿到十几万的（写手）有很多。"由此，麦苏便开启了她的网文创作之路。长期的文学积累使她在网上写作时十分顺利，可谓"开书即成名"。麦苏的第一本网络小说《誓不为后》一炮而火，成为当时的爆款。"第一个月的稿费就有一万多块钱，第二个月三万多,后面就一直保持在五万多。""当时只有线上的收入,最早一批在网络上发布的小说,还没有其他的版权形式。"而这样的收入对于刚刚大学毕业的麦苏而言无疑是丰厚的。

在《誓不为后》第一部完结后,麦苏便一鼓作气又创作了第二部,随即台湾那边的出版社便买了版权将其出版为纸质书。"一百万字的书,分成十本来出版,能挣五六万,钱很少,但它是书呀,出版出来的时候这么厚。网络的作家也好,传统的作家也好,做文字工作的,对书都是有一种情结在的。"网络时代的到来给麦苏这样的网络作家提供了一个快速写作与成名的机会,网络小说的创作与发表不仅给麦苏带来了丰厚的收益,也使麦苏获得了极大的成就感,使其有了作为一名"作家"的满满的"仪式感"。

工作一段时间后,在衡量写作与工作两者间的收获与成就感后,麦苏便毅然辞职开始了全职写作。后来她又陆续创作了《未经安排的青春》《刺猬姐姐向前冲》等长篇小说,文字也逐渐成熟。在创作过程中她的身份逐渐转变,从文学爱好者渐渐转变成作家。

二、从"大流量"走向"正能量"

在走流量写作道路之余,麦苏开始思考文学创作的价值,希望能够创作出更有意义的文学作品。网络文学不应只有一种面貌。随后麦苏便以中华传统非物质文化遗产手工刺绣为灵感，创作了一个女性励志、奋斗的创业故事。麦苏以传统文化的优化和改良为独特视角，以女性成长为核心，书写了女性个体的成长与我国改革开放以来发生的天翻地覆的变化。小说以职场架构年轻人对中华"手工刺绣"文化的传承光大，承载了女性奋斗和成长的时代主题。别样的创业理念，错综复杂的职场博弈，神秘又传统的刺绣文化，奋斗不息、勇于进取的开创者群像，共同织就了一个励志的、积极向上的、充满正能量的奋斗故事。这部作品在结合传统文学与网络小说两者的叙事模式基础上，对职场小说进行升级改造，是网络文学现实题材的成功实践。

紧接着，麦苏又创作了《归时舒云化春雪》《荣耀之上》《生命之巅》等现实题材小说。《归时舒云化春雪》关注女性的成长蜕变，以平铺直叙的方式讲述了一位来自农村的女孩自强不息、勇于拼搏、坚持自我、不自轻、不放弃的奋斗故事，展现了新时代年轻人追梦圆梦的奋斗历程和"青春无悔，永不言弃"的精神风貌，充满正能量。《荣耀之上》聚焦"消防员"这一神圣职业和平凡英雄，展现了救援队员救火、救人、救险、救灾的感人事迹，描画了青年一代敢于承担社会责任、勇于奉献、不怕牺牲的英雄风貌，突出了他们对待生命与生活的正确价值观，歌颂了他们的奋斗精神和创业精神。小说以一个个紧急救援的小故事贯穿全文，情节跌宕起伏，险情接连不断，故事或充满惊险，或生动有趣，或发人深思；小说融入了失独、养老等多个社会问题，以小见大地反映了多个社会热点和民生焦点问题。这不仅是一部精彩的现实题材网络小说，还是一部弘扬社会主义主旋律，歌颂青年一代投身祖国建设的充满正能量的文学作品。荣耀之上，百姓平安、国家和谐之下，是无数个无名英雄的默默坚守和生死付出。在物欲横流、一味追求享乐的现实社会里，该作品的创作不啻一缕清风、一面旗帜和一股正能量，作者希望这部作品能够引领青年一代向着正确的方向发展和前进，同时也为建党100周年献上一份厚礼。《生命之巅》以紧急医疗救援中心一个个惊心动魄的急救故事为线索，聚焦中国医疗救援一线的医务工作者救死扶伤的场景，刻画了年轻一代医务工作者爱岗敬业、敢于担当、乐于奉献的群体形象，展现了他们在应对突发事故、紧急救援时所表现出来的高效的工作效率、高超的医疗水平和高科技的救援手段，讴歌了他们高尚的职业道德、高贵的思想品格和一心为病患着想的奉献精神。麦苏说希望能多创作一些表现青年一代投身祖国建设、服务人民的正能量故事，给读者带来力量。

《我的黄河我的城》中麦苏聚焦自己的家乡河南，以邵家四代人的奋斗、发展、成长过程为主线，以小见大地折射了中国近70年来国家发展和民族复兴的光辉历程。黄河文化是中华文明的重要组成部分，是中华民族的根和魂。讲好

"黄河故事",传承历史文脉是当代作家的责任与担当。麦苏通过这部小说,使我们了解到新中国成立初期艰难的奋斗历程,了解到改革开放时期人民艰难的探索与追求。小说展现了国营企业从"大锅饭"模式到现代企业制度建立的艰难历程,再现了中国民营经济从"摸石头过河"到发展壮大的探索经历,也书写了中国高科技由小到大、由弱到强、由跟随到领跑的发展过程。这部小说有亲情,有爱情,有家国情怀,有报国之志,还有国家经济的发展,有企业振兴,有文化的复兴。它不仅以文学的笔触翔实地全景式记录了中国近70年的发展全貌,还以诗意的情怀歌颂了中国共产党领导下的各条战线的人民群众的创造与奋斗故事。作者以黄河儿女的视角展现黄河沿岸人民在新中国成立之后生活上天翻地覆的变化,它不仅是一部中国典型家庭的发展史、创业史,也是一部当代中国的繁荣史和复兴史。

十多年的文学写作之路,麦苏的创作风格逐渐从霸道甜宠、萌宠甜妻类型慢慢转向关注社会发展、表现日常生活的现实题材类型,从有血有肉、真实多彩的现实生活中寻找力量,多角度呈现新中国成立以来,特别是改革开放以后国富民强的精神面貌。

三、从生活中来,到写作中去

为了保证作品质量,更好地塑造人物,更贴切、更真实地展现社会发展面貌，麦苏常常去实地采风，以体验生活的方式贴近自己的描写对象。麦苏说："在写作《荣耀之上》这本书之前，我去银行消防局定点深挖了三个月，全面了解消防员和城市救援队员的日常生活。这个过程很新奇，但非常有意思，这是一种别样的靠近方式，更是绝佳的学习过程。'蹲点'结束后，我开始创作梗概，给每个人物写小传，顺出完整的故事大纲。我希望能写出城市救援最精彩最真实的一面，写出救援工作所面临的复杂性，包括人性的复杂、环境的复杂和生活的复杂。"

麦苏认为，和平年代，消防员比起其他兵种面临更多危险，在灾难中受伤甚至牺牲屡见不鲜。在很多人心中，消防员英勇无畏，其实他们也有喜怒哀乐，也会恐惧，内心所承受的，也许远比我们想象的多。"我认识的一位年仅 21 岁的小伙子周鑫，体质较队友们弱一些，训练时总不达标，他每天晚睡，单独去健身房做体能训练，仅仅半年不到，他已练出了浑身肌肉，达到了队里的要求，成为优秀的消防员。不论是酷暑还是寒冬，为了应对突发状况，消防战士们总会更加严格地要求自己，以保证有足够的能力出色完成任务。为达到模拟真实现场的效果，他们必须穿着几十斤重的消防服演练每一个环节，这不是电影里惊心动魄的特效，而是组成他们平凡普通生活的每一天。"这些身姿矫健的消防员以他们专业的技术、赤城的真心在每次大火、灾难来临时冲在第一线,他们的每一次"冲锋陷阵"不仅仅是一次救援,更是一次"以命抵命"的英勇行为。没有人生来就是英雄,记住了他们的平凡,才能真正理解他们的伟大。

麦苏在创作《我的黄河我的城》时也查阅了大量的文献资料,对郑州近百年历史,对黄河沿岸近百年的风云变幻,特别是新中国成立之后、改革开放时期的重要历史事件和社会现象进行了详细的调查与文献学梳理。麦苏说创作这部小说时她的书桌边总是堆放着厚厚一摞参考书,如《万里入胸怀——黄河史传》《黄河之水:蜿蜒中的现代中国》《大河上下——黄河的命运》《中国黄河调查》《大河安澜》《郑州市志》《二砂厂志》等,以帮助她更好地了解历史。同时她也实地考察了多处重要地方,如二砂厂、国棉厂、铝厂、郑州铁路局等,对它们的历史进行了摸底调查,以图更加真切地展现那一代人奋发图强、积极向上、死磕到底的创业者气概。麦苏表示,"为了写好这本书,真实地反映历史原貌和中国传统文化复兴,确实需要查阅大量的历史资料,走访多处工矿企业,还要对传统文化,如豫剧、武术、汴绣、民俗、饮食等做较为充分的研究"。这是一部小说,同时也是一部综合各类知识的社会学著作。

麦苏在创作《归时舒云化春雪》这部作品时花费了大量的精力与时间研究我国传统文化特别是刺绣文化,查阅了大量刺绣书籍,并请教了刺绣工艺坊的一些工作人员,详细且深入地了解刺绣的专业知识。这部书的畅销也帮助和带动了大众更全面地了解中国的传统文化和刺绣历史，使这一非物质文化遗产能更广泛地被大家熟知。真切的实地考察和详尽的资料查阅，会使作者创作时真正地做到"下笔如有神"。纪实性的材料与采访、切实的体验与感受给了麦苏敢于下笔书写书中人物与故事的底气，如此创作态度下所凝练而成的便是有血有肉、平凡又伟大的人物群像，是真实生动、昂扬向上、动人心弦的奋斗故事。

四、新时代女性精神

女性个体的成长与独立是麦苏作品的内核。创作《刺猬小姐向前冲》时，麦苏便能精准定位作品的受众群体，"女性群体是主力，主要针对18至45岁正在奋斗、追求的年轻人"。麦苏的作品及书中塑造的女性形象以其独有的青春、朝气、向上、奋进的特质吸引了一批受众的关注。在《刺猬小姐向前冲》中麦苏塑造了林佳这样一个90后女孩形象。她从四线小城市到一线大城市，凭着自己的努力，摆脱命运的束缚，破茧化蝶，涅槃重生。小说以女性成长为核心，展现女性的成长与蜕变。一个无根基的女孩，凭借一腔孤勇与不服输的狠劲儿、拼劲儿，在众人的期待与自我的鞭策之下，在大公司内艰难生存，努力争得一席之地。而在事业到达顶峰，面临事业与感情的选择时，她毅然尊重自我、顺应内心,离开熟悉的行业,重新开始,以手工刺绣为灵感,组建团队,出色地发挥所长,再次闯出一片天地。

《归时舒云化春雪》也关注女性个体成长,农村女孩江舒云家境贫寒,因缘际会进入武校就读,毕业后进入剧组成为影视圈最底层的武打戏群众演员。江舒云希望学以致用,凭借自己的一身好功夫,加入国际知名的影视行业武术班底,从此能够过上踏实平凡的生活。这是一个永不服输的倔强女孩儿,她通过自己的专业技能和拼搏精神实现了华丽逆袭。《荣耀之上》塑造了年轻女兵向薇雷厉风行、体能爆表的强者形象。向薇作为军人在退伍后加入消防局紧急救援特别行动组,五年时间里,她经历了种种艰难的考验和磨炼,最终成长为救援专家。《荣耀之上》中以向薇为代表的女性城市救援队员的成功塑造,打破了人们以往的认知,重构了当代女性的英雄形象。除此之外,该小说还塑造了其他女性形象,如晚报社会新闻部记者何欢,作为土著市民,有车有房,经济优渥,在婚姻与爱情上保持自我独立,在工作中敢于直言不讳,积极跟踪报道热点事件,反映民生问题,言语大胆犀利。在她身上读者们也能领略到不一样的新时代女性的人格魅力。《生命之巅》中的女主人公夏沫,作为急救科实习医生和救护车队随车医生,外表看着娇气,实则内心强大,勇敢而正义,每天都有使不完的劲,对生活充满了热情。选择学医是受救命恩人影响,想要像救命恩人那样,成为奋战在救死扶伤第一线的医生，哪怕饱受挫折、被人误会也不会放弃。

麦苏善于在工作空间中塑造女性形象，她笔下的女性人物往往努力多于可爱，她们身上具有强烈的时代感和故事性。麦苏通过不同的岗位、不一样的故事背景，书写不同女性的人生际遇与生命活力，展现了这些女性在面对不同人生抉择时的内心挣扎与自我蜕变，探索女性个体是如何在生命洪流中实现自我价值与闯出一片天地的。

十多年的创作之路，麦苏逐渐明确自己作为网络作家的责任与担当。从"大流量"走向"正能量"，主动深入生活，从日常生活中发掘平凡英雄的传奇故事，通过人民群众的真实生活切中时代脉搏，展现社会发展与历史变革。麦苏从多角度入手书写中国故事，以小人物的奋斗历程折射出新中国成立之后我国发生的巨大变化，彰显出了作家应有的责任与使命。今天的中国经历了巨大变革，创造了辉煌伟大的现实图景，网络文学应该自觉承担起弘扬时代精神、记录社会面貌的重任，这也是网络文学走向经典化的历史使命与必然要求。

第四章　玩梗、吐槽、热血、次元
——会说话的肘子反套路叙事的成功秘笈

　　2018年起点中文网的月票榜上众多大神携手新书上演"神仙打架"戏码，在这些大神中，会说话的肘子无疑是最闪耀的那一个。肘子的《大王饶命》在2017年7月连载以来，一路过关斩将，打破起点多项纪录，肘子也由此被称为"纪录粉碎机"。在《大王饶命》之前肘子写过两本书，分别是《英雄联盟之灾变时代》和《我是大玩家》，前者有些小众，主要讲述男主吕尘带着来自地球的一身LOL技巧穿越到灾变末世，用打英雄联盟的方式不断升级打怪，最终进阶为超人的故事。作为处女座的肘子，整部小说具有鲜明的网文特征，节奏快、爽点密集，换地图、打怪升级的模式化、标准化特征鲜明，颇具电竞风，小说在热血的战斗与比赛中展现出难能可贵的兄弟情、战友情。在这本书中肘子已经显露出他欢脱、搞笑、吐槽、玩梗的写作风格，但因故事聚焦在"游戏"这一领域，故而很多梗和笑话没有成功破壁被更多读者接受。随后创作的《我是大玩家》为肘子打出了名声，并为他之后能写出爆款级作品《大王饶命》奠定了坚实的基础。在《我是大玩家》中，肘子逐渐走出小众圈，虽然写的是极限运动，如自行车公路赛、攀岩、攀登珠峰等，主角打破一项项世界纪录,但全书也借鉴了很多文抄元素和游戏元素,在情节的转折与细节之处做了改善和创新,逐渐跳出之前狭窄的接受圈,玩梗和吐槽渐渐变得大众化。虽然在情节和系统设置部分有些许漏洞或未填满的坑,但故事的完成度很高。作者通过小说中的故事,圆了自己和读者们曾经做过的英雄梦,一个挑战自我、追求极限的梦。小说中主角每次突破极限都传递着奋勇尝试、永不言弃、坚持到底的精神,给读者带来力量。而男女主角之间的爱情故事,也让读者感受到情感的真诚与专一。整部作品"次元"风格凸显,热血、竞技、幽默、爱情,打通了都市异术超能小说的"任督二脉",为之后的"都市灵气复苏"小说奠定基础。在肘子之后的作品《第一序列》和《夜的命名术》中我们也能看到这本书的一些影子,其关联性很强。

肘子一战封神的作品是他在起点中文网上发表的《大王饶命》。《大王饶命》的爆红绝非意外,在其网文Z世代登场、新媒介"本章说"加持、"二次元风"走红的多样因素助力下,其作品热血+爆笑的核心元素一下子点燃了网文读者的"嗨点"。肘子拿手的"段子与梗"在这部小说中与情节融合得更加自然,"大众梗"代替"游戏梗""电竞梗","骚话"出圈带来了更大的吸粉性和影响力。

肘子的作品呈现出"次元网文"风格,角色塑造的独特另类、情节设定的反转意外、话痨贱皮的个人属性等与热爱网络社交与互动的Z世代不谋而合，也正好契合了当下年轻人，在忙碌的物质世界里更加追求自我精神世界与娱乐需求的内质。年轻一代更喜欢跌宕起伏的情节和热血搞笑的故事。《大王饶命》讲述福利院出来的两个孤儿吕树与毫无血缘关系的妹妹吕小鱼的生活，在日常化、现实化的生活细节中一点点渗透着对人与人、人与世界关系的思考。他们以孤儿身份生活在世上，靠着毒舌和一点点自私来维持生活，虽然肘子给故事披上了一件幽默搞笑的外衣，在密集的段子与梗的融合下逗笑读者，但其内在的悲凉与严肃的内核仍旧存在。吕树身上有太多普通人的特质，像大多数平凡人一样，在努力挣扎、绞尽脑汁地寻求一世安稳，在这一过程中他逐渐与世界达成和解，慢慢融入社会，并在强大自我的过程中逐渐找寻到自己对这个时代的价值与责任。

《大王饶命》的故事发生在地球和吕宙。地球上科技文明发达，灵气刚刚复苏，修行文明在高速发展中。世界各地有着各种修行组织，如华夏的天罗地网、岛国的神集、北美的凤凰社、欧洲的信仰理论部、北欧的神族、以维护人类利益为宗旨的基金会等，此外还有一些由散修建立起来的组织，他们在各地修行，并相互打探与观察。而吕宙，物资匮乏，科技落后，但修行文明发达，灵气实力远在地球之上，神王征战三千年统一天下，麾下东方天帝御扶摇、西方天帝端木皇启、南方天帝文在否、北方天帝青空镇守四方。有数条处空间通道与地球相连。老神王当年放弃吞噬暗图,最终转世为男主吕树,卢剑主人转世为吕树的妹妹吕小鱼。在地球上还存在着多处异空间——遗迹,其内蕴藏着大量天材地宝以及进化后的灵兽,一些遗迹内甚至还包括了智慧文明,主角及其他修行者在遗迹中不断升级。在此遗迹类似于升级系统文中的"地图"或"副本",主角与其他人物可通过遗迹不断地升级打怪、提升自我能量与等级,探索个体生命的无穷与极限。作者在小说中通过地球、吕宙、遗迹的空间设置,通过前世今生的时间架构,为读者编织了一个宏大的世界,在这广阔的时空之中,带领读者一同探索人作为个体在宇宙中的极限、责任与担当,探讨人与人、人与世界的关系,深挖人性的善与恶。

  作者善于人物塑造。在"次元化"文风基础上塑造的并不是一个主流化的正光大的主角形象,而是一个具有贱萌属性与反差萌特征的男主形象。吕树擅长撑人、噎人,其系统能力便是获取他人的负面情绪来增强己身。从小在福利院长大,16岁脱离福利院后与吕小鱼相依为命,通过卖煮鸡蛋为生,处处小心、谨慎。虽然贪生怕死、追求蝇头小利,但有自己的底线。从小在冷漠、没有人情的环境中生活,造就了他只关心自己生活,渴望安稳度日的性格特征,没有远大志向,也不愿承担社会责任。但他虽毒舌却非蛇蝎心肠,所谓"菩萨心肠、金刚手段"是也。虽然多习惯明哲保身,但在大是大非面前有着自己的原则和判断。这样的人物很像现实生活中普通、平凡的"我们"，有弱点、有缺点，代入感强，使读者能产生强烈共鸣。

除了主角之外，《大王饶命》还塑造了令人印象深刻的配角形象，如聂廷——天罗地网组织话事人，为人冷静理智，曾经为了让吕树担任第九天罗，致使两人不和；石学晋——与聂廷从小一起长大，自身虽无修行资质却成功开创出了可无视修行资质修炼的法门，在最终大战时用生命复活他人；李炫一——基金会九大理事之一，剑阁传人，算是吕树半个师傅，传授其剑道，视吕小鱼为亲孙女；樱井弥生子——天才剑道少女，曾奉命以拉拢为目的接近吕树，却不知不觉爱上了吕树，钱包里一直放着吕树当初付给她的十几万日元工资，与吕树、文在否、御扶摇等有一段难忘的经历，后御扶摇有意杀她，被吕树所救，为了能追随吕树，她主动申请加入天罗地网，成为其外籍成员；卡洛儿——在遗迹中遇上吕树并且爱上吕树。这些配角人物丰富了作品内容，使故事更有层次感。

整部作品将灵气复苏系统与日常生活紧密结合，一方面写人物在不同资质等级中的系统升级与成长，在地球、遗迹及吕宙中开疆拓土、升级打怪，逐渐强大的故事，一方面也描写主角与身边朋友之间相互陪伴、彼此照顾的生活细节。在轻松欢脱、吐槽玩梗中给读者带来新鲜感。

随后上架的《第一序列》在更文的 491 天里获得多项优异成绩。累计获得超过 256 万的总收藏,均订超五万。该小说还斩获 2019 年度中国原创文学风云榜男生作品前十,入选中国作家协会网络文学中心 2020 年网络文学重点作品扶持选题,以及 2019 年度中国原创文学风云超级游戏改编价值作品等多项殊荣,并被永久入藏国家图书馆。同时"破圈"也逐渐有成效,#第一序列#的相关微博超话阅读量超 2 亿次,B 站的自制视频多达上千个,知乎上对于书中流行梗的问答浏览量破万。在《第一序列》加持下肘子也成功晋升为阅文集团白金作家。

《第一序列》以后启示录科幻世界为背景展开叙事。世界遭到毁灭,新纪元开启。人类已经不是世界的主宰,危机迭出,人类开始重建新世界的秩序。小说描写了核战争之后的废土时代,主角任小粟和身边小伙伴不断成长、顽强奋斗,与残酷现实抗争、艰难求生的故事。小人物也拥有大能量,任小粟通过吸收正能量一步步强大,不断成长,慢慢改变世界。小说极具正能量与热血精神,搞笑欢脱的文风之中潜藏着"心向光明、永不言弃"的精神内核,展现出人类在灾难面前乐观积极的精神状态。

在这个世界中,人类早已走下食物链顶端,他们不仅需要面对日渐恶劣的气候,在每日的温饱线上挣扎,还要与不同壁垒内人群、狼群、实验体、人工智能等斗智斗勇,与天斗、与地斗、与人斗，重新思考人类与自然、人类与科技的关系，重新考虑人类的未来与发展。

作者在细微处多次展现人性的复杂。在这片废土之上，一个个壁垒因权力、私欲而起，隔绝了平等，建立了阶层。壁垒外的流民和壁垒内的人们其生命的价值与个体尊严被重新定义，歧视、嫌弃、排挤等随处可见。普通的流民只能在壁垒外的集镇聚集，期盼着有一天能够进入壁垒。而壁垒内各个地域也存在不同的斗争与抢夺。编号越小的壁垒越安全，越能分享更多资源，也更靠近权力和地位的中心。四处充满欲望及伴随而来的无休止的战争。不同集团各有打算，对人类未来与发展也各持己见。在充满挑战与危机的时代，每个人都在凭借顽强意志求取生存的机会。各个壁垒相互对峙、群雄并立，为了各自的信仰而战，也为了人类的未来不断改变。

《第一序列》中的人物塑造更胜一筹，立体鲜明、有血有肉，每个人都是矛盾与复杂的独立个体。不服输的任小粟，疯癫的李神坛，心怀天下、善良热血的陈无敌，百战不挠的西北军，等等，都给读者留下了深刻印象。即便是一些出场不多的路人甲也被赋予了独特灵魂，这展现了肘子在人物刻画方面不朽的刀工。颜六元在离开哥哥之后开始真正的蜕变，增强自身实力、练就胆识，最终称霸草原。陈无敌心怀天下、扬善除恶、纯真善良、热血勇敢，他是黑暗中唯一坚挺的光芒，是乱世中始终坚守的英雄。与之相对的是疯癫如魔的李神坛，我们无法抹去他前期的"恶"，但也无法忽略他心底的那份善良，他是强大且克己的半神，却也只是个想要打破不公、希望交到真心朋友、不想失去母亲的孩子。P5092对火种价值观的坚持与"至死不渝"的精神，执行任务时的理性与面对同伴丧生的痛苦，想要去死又想死得其所、有所价值的挣扎与渴望，显示出它的坚守与独特。王富贵，升斗小民、贩夫走卒，虽有私心却又暖心，真实又善良。又如火种公司，即便有着祸害世间百年的基因人体实验、对超凡者图谋不轨等恶行，但"为人类保留火种"的理念却一直贯穿始终，难以不让人动容。在面对生死存亡的关头，他们一直守护在人类第一线。小说展现了他们身上的复杂性，使其以更加丰满的形象呈现在读者面前。在超凡者崛起的"诸神时代"，没有超凡能力的普通人确也是作者描写的重要部分，百折不挠的西北军是无数读者心中的希望，带给读者无穷力量。除此之外，罗岚、庆缜、杨小瑾、周迎雪、周应龙、张小满等人物也都很鲜活，这些角色共同撑起了这部小说的半壁江山。

《第一序列》中主角的系统功能是收集他人的"真诚感谢"，这正好与《大王饶命》中收集他人负能量的系统功能相反。而在这样一个乱世之中，收集感谢币，让别人真诚地说出感谢难如登天。但正是这样的系统设定，帮助和引导着任小粟不断挖掘自身潜能，慢慢走进别人的内心，由此结交到众多好友，成为人们的希望。

作品在细节描写方面精巧且细致，使故事更真实，更有温度。前期延续《大王饶命》的玩梗和搞笑特征，中期慢慢开始走向现实与苦闷，后期格调逐渐宏大和悲壮。在一次次打破壁垒、一次次随军作战、一次次逃难路上，深挖和展现人性的恶与美、光辉与黑暗。肘子在这本书中勾勒了一个时代的传奇故事，书写了众多人物鲜活的生命与美好的人生，而未来在伤感的光明和被打破的黑暗中缓缓到来。在这样一个悲哀的时代，所有人仍为那仅存的希望奋斗着，有人抛头颅洒热血，有人默默无闻付出多年，有人付出生命守护他人，有人与黑暗战斗将光明留给别人。他们热爱着，生活着，笑骂着，死去着。

作品中的"我要七次感谢我自己""如果黑暗挤压着你，那不正说明你就是光？""当灾难来临时，精神意志才是人类面对危险的第一序列武器"等充满力量的语言在升华主旨的同时也一次次感染读者。同时，与以往作品相比，《第一序列》的创作过程无疑是艰难的，它融入了科幻、野外生存、人工智能、热武器、地域环境等元素，对作者的知识储备与故事架构能力都是一大挑战。

肘子作品热血、欢脱的二次元风格在孵化粉丝群体、丰富二次元文化的同时，也为其自身的 IP 开发助力。无论是

《大王饶命》还是《第一序列》,肘子的小说在动漫、游戏、影视、有声等 IP 市场颇具竞争力。

《我是大玩家》中男主的名字是作者的真实姓名,《第一序列》中男主的名字是作者儿子的真实姓名。肘子说他作品中的每一个主角都很像他自己,所有主角的性格、内核都有自己的影子。《第一序列》中采用儿子的名字也彰显出其创作的想法和原则,即把他的名字写进小说里,也希望他今后能具备主人公的优秀品质,希望他长大后成为一个坦荡、正直的人。秉承着这样的创作宗旨,肘子还在网文道路上不断开拓创新。

《夜的命名术》上架第一个月均订就破 8 万,黄金盟 5 个、白银盟 15 个、盟主 223 个。《夜的命名术》依旧延续着肘子的幽默风格,但整体上弱化了玩梗和搞笑元素,更加注重对气氛的渲染和对故事结构的布局。作者略带灰色笔调地将小说主角设定为"童年不幸"的类型,父母生而不养,而少年却独立、自强、坚韧又机智,虽与现实世界充满孤离感,但依旧在艰难的生活中茁壮成长,拥有着强大而勇敢的内心。这是肘子笔下主角身上的相似点。故事开篇不久,主人公庆尘便在金手指带领下穿越到另一个世界中,这个世界科技高度发达,人人拥有赛博朋克的机械义体,在赛博朋克与现代并存的两个世界中,肘子书写了一个不被生活宠爱的少年的冒险与蜕变故事。"夜象征着赛博朋克里的黑暗,而主角是重新定义黑暗的那个人",这便是《夜的命名术》书名的由来。在这个世界中,肘子延续着他在《第一序列》中的世界架构,在《夜的命名术》中继续丰富着这个囊括了未来科幻与赛博朋克世界的 IP 宇宙,使之不断扩大、立体、丰满。

从略显稚嫩但无比热血的《英雄联盟之灾变时代》到文笔老到、谋篇布局更显成熟的《夜的命名术》,肘子经历了从不温不火到突然爆火的巨大变化,感受过粉丝一拥而来的热潮,同样也经受过网络暴力的洗礼与打磨。一路走下来,肘子不断调整创作方向,在高压与精修中不断磨炼自己,作品力求扬长避短、精益求精。在这个过程中我们看到了一名网络作家写作时的自律与自我要求。肘子在作品中建构了一个个充满斗志、热血、爆笑的异元世界,讲述了无数个诚挚动人的奋战故事,书写了无数个有血有肉、鲜活可爱的人物形象,传递着挑战自我、永不言败、心向阳光的正向精神,探讨着人的无穷力量与无穷可能,这是肘子书中世界带给读者的财富。伴随着笑与泪,读者在这些故事中获得慰藉与治愈。

第五章　在历史中重建"历史"
——庚新历史题材小说创作

庚新，起点中文网大神作家，河南省网络文学学会秘书长。在河南网络文学作家圈，大家都习惯叫他"四哥"。曾赴日本与欧洲学习，曾在台湾纸质出版领域奋斗多年，有着十多年的创作经历，资历深，作品多，质量高，为人豪气仗义，文笔沉稳、细腻。写过多本畅销书，其创作主要集中于历史题材，代表作品有《盛唐崛起》《宋时行》《悍戚》《曹贼》《恶汉》《篡唐》《刑徒》《大唐不良人》《热血三国之水龙吟》等。除历史题材外也创作一些玄幻类作品，如《最后一个巫师》《绝代武神》《中国道士的道士》等。也在科幻题材方面有过尝试，如《国家宝藏之建文帝的诅咒》。2018 年 5 月，在第三届"橙瓜网络文学奖"评选中位列百强大神。2020 年，庚新入选橙瓜见证·网络文学 20 年十大历史作家，百强大神作家。除网络小说之外，庚新也创作了多部纸质作品。可以说，庚新是一个兼具传统文学创作与网络文学创作双重风格的作家。

庚新钟情于对历史和男性的讲述，其笔下多部长篇小说以虚构的男性人物或历史上真实存在过的男性人物为叙述中心，采用以人带史的方法书写宏大格局的历史图景。庚新既继承了二十世纪不同时期历史小说作家的创作观念，又吸收和发展了网络穿越历史小说创作模式，重写历史、重释历史，通过人物的人生轨迹将某一历史阶段的社会变革展现出来，既书写了小人物的成长史，也呈现出了个体在历史洪流中的人生际遇与生存境遇，表现了人物个体与时代发展的相互成就，迎合了读者特别是男性读者对权力、欲望、爱情和美好生活的想象。庚新在创作时借鉴传统历史小说创作手法，坚持"历史现实主义"创作原则，突破了网络历史小说"穿越"与"架空"的类型化书写。其创作在传统化与网络化的融合、文学性与商业化的博弈中走出了一条网络文学精品化道路。

　　庚新笔下的历史小说多是采用"悬疑＋侦探＋历史"的搭配模式，靠一个个案件推进故事，在查明案件的过程中人物逐渐成长，真相逐渐显露，人物间关系逐渐展开，故事不断丰富。其历史小说的节点主要集中在三国、隋唐和宋末时期，小说里随处可见的历史知识和常识，如货币、建筑、官职、地名、食物等，如历史名人的生平、经历，历史事件和历史发展脉络等，由此可见庚新丰厚的历史知识储备。如《大唐不良人》的介绍："考古探险、鉴宝收藏，侦探推理、诡秘分析，戏说传承古今中外的民间悬疑文化！"这样的一段简介囊括了庚新创作的重要特征。

　　马季先生曾提出："网络时代，历史小说是否有重新界定的必要和可能？"[1]网络历史小说有穿越、架空两大常见创作模式。庚新的历史小说大多是穿越历史小说，是立足在历史史实之上，以写实的方式展开人物故事，鲜少架空历史的作品。从中国历史小说的演变和形态特征来看，庚新的历史小说既继承了传统通俗历史小说如《三国演义》等作品的"历史演义"写法，又吸收了传统历史小说如唐浩明、凌力、二月河等作家塑造典型、客观表现历史的创作风格；既借鉴了二十世纪八九十年代的新历史小说"一切历史都是当代史"的新历史主义观，强调个人的主观感受对理解真实历史的影响，注重传达个体经验，语言带有鲜明的个人色彩，同时也结合了当下网络历史小说写作中应具备的消遣性和娱乐性特点，情节安排、人物设置、故事走向往往符合男性读者的阅读口味，语言表达上口语化与拟古化相结合，最终呈现出的作品既具有厚重的历史感，又有很强的可读性。

庚新的历史小说是"借历史"讲故事，侧重于在真实历史中讲述人物依托自我能力改变或参与历史的故事。他往往采用以人带史的叙事方式书写宏大场面的历史图景，在历史纵深度方面下了十足的功夫。作者在收集整理历史资料的基础上，结合自己的理解和想象进行文学创作，或以虚构人物介入历史，推动真实的历史向前发展，或以穿越/重生等方

---

[1] 马季：《〈芈月传〉：网络文本与传统文本的同构》，《南方文坛》2016年第3期。

式进入真实历史人物身体，借真实历史人物身份来重述历史故事。在宏大的历史场景与动荡的时代背景下，一方面描写男性人物的个性成长与心路历程，一方面通过人物的人生轨迹带领读者回到历史现场，细致入微地品读和领略人物生活的历史时空。其重点表现为以历史为背景，凸显人物命运在时代洪流中的发展与转变。其中有据可考的历史事实、精练娴熟的语言表达、鲜活多样的历史人物、随处可见的引经据典、信手拈来的历史知识，都体现出作者不俗的历史功底与文学造诣。庚新的历史小说难能可贵的是在一定的想象基础上为历史涂抹上一丝色彩，但又脱离了毫无意义的低俗恶搞，既没有肆无忌惮的历史戏说，也没有毫无节制的感性化书写。作者是在合乎逻辑和史料的基础上阐释自己对历史的理解和认知，从不同角度讲述历史。在他的故事中，历史本身不重要，重要的是历史舞台上重新活跃的那些鲜活的有血有肉的个体，他们的人生际遇与精神蜕变，他们在种种境遇下展现出的人类深层的人性与欲望。这是庚新的作品能在大量网络历史小说中脱颖而出的原因，也是其在网络历史小说行列中长盛不衰的原因。如《刑徒》讲述了一个草根的逆袭崛起史。二十一世纪年过不惑的大叔穿越到秦王嬴政时期一个小小少年刘阚身上，从此他凭借着对历史的预知和了解开始了现有人格的成长历程。通过小人物的成长史拉开了从秦朝覆灭到楚汉争霸的历史画卷。刘邦、项羽两大霸主闪耀登场、指点江山；郦食其、张良、萧何、韩信等文臣武将陆续抛头露面、锐不可当。而刘阚在血与汗的情谊、权谋与利益的争斗等一系列情感纠葛中展开自己的人生，重建自己的历史。又如《篡唐》，主角从现代穿越到隋唐交接的乱世之中，身怀家世秘密，刚出生就被隋炀帝的手下追杀，而后辗转被人收养，由此开始他的人生。《恶汉》男主董俷是从现代穿越而来的，成了董卓的儿子，一步步改变和影响着历史。东汉没有灭国，三国也没鼎立，他辅助灵帝、兴帝、少帝三任君王，一步步巩固自身地位。《宋时行》《余宋》这两本小说写的是宋末时期的故事。《余宋》以高俅儿子小高衙门"高余"为主角展开故事，反其道而行之，在真实历史基础之上通过人物的成长重建历史。

姚雪垠曾说他的历史小说是以写观念为中心的历史小说。写什么观念？姚雪垠称之为是"历史现实主义"，即历史科学与小说艺术的有机结合；指导它的哲学思想是历史唯物主义，艺术风格上强调中国的民族传统，在创作方法上以现实主义为根本，但又容纳积极的浪漫主义。在作品中具体体现为"史实"与"虚构"的结合。"史实"为骨架，"虚构"为血肉，二者相互映照。庚新在创作中便积极吸取了这种写作理念。在写"史"方面，庚新坚持考证历史，坚持历史真实的发展脉络，在官职礼制、生活场景、风俗景物等方面的描写上注重考据；但另一方面，在对历史的演绎与梳理上，又跳出历史本身，侧重于寻找历史的现代价值，在想象基础上重释历史。庚新的小说通过还原历史现场，书写不同历史阶段、时代更迭下人们的生活样貌，走进人物的精神世界。同时，庚新多是将人物放置在自身所处的历史阶段来描写的，让人物按事情发展的逻辑自行选择和成长，一方面，这使得人物脱离了后世的政治眼光与评判标准；另一方面，这也致使人物脱离了原本的历史轨迹，改写了历史。如庚新对《曹贼》里很多重要历史人物的结局都进行了改写，比如曹操、曹冲、曹植、曹彰以及曹叡。历史上曹叡是曹丕长子，小说中是曹彰收养男主曹朋的孩子。又如《盛唐崛起》中的陈子昂居丧期间，权臣武三思指使射洪县令罗织罪名，加以迫害，最终冤死狱中。小说对他的结局做了调整。

作者重释历史，也重新思考历史，如《盛唐崛起》中庚新发出这样的声音："史书里说，李裹儿野心勃勃，一心想要做第二个武则天。于是，她和母亲韦氏杀君弑父，最终被李隆基发动兵变，斩杀于皇城内。可是，对于她究竟做过什么样的坏事，却没有更多的记载。比如，新唐书里记载说，李裹儿自作诏书，让李显画押。且不说这个时代有玉玺，就算是画押，却没有任何更为详细的记载。比如，李裹儿自作的诏书是什么内容，究竟做了什么？"这样的话体现了庚新对历史的思考，在作品中他进行了个人化的处理。庚新很娴熟地处理着"史实"与"虚构"之间的关系，这首先借助主角的"穿越"或"重生"来实现。在穿越基础上展开的人生，一定程度上会沿着真实的历史轨迹推进，但在个体个性化选择作用下，又必然会出现与历史错轨的现象。如三国三部曲《恶汉》《曹贼》《悍戚》分别从董卓之子、曹叡之父、刘皇叔三个人的身份入场这段历史，虽然是同样的历史背景，但庚新对这一段历史有截然不同的三种处理。每部小说讲述的故事都不相同，即便有交叉的人物或交叉的时间，但结局走向却各不相同。这并不矛盾。每一本小说都是一部完整的作品。每一部作品都有作者所要寄托和表达的主旨和思想内容，其核心是历史背后所暗含的个体惊心动魄、跌宕起伏、浓烈炽热的人生经历和内在的人性之思。

另外，庚新对作品中历史真实与艺术真实关系的处理与呈现，不乏有想要探索历史现象背后蕴含的当代性问题，即通过历史小说想要对当下社会有所观照。所谓当代性指的是"它所描绘的特定时代的人物或生活与当代生活、当代文化精神之间对话的可能"[1]，作者通过对过去历史及历史洪流中个体的考查与关注进而来观照当下现实生活，一方面在人性、欲望或普世价值方面进行探讨和思索，另一方面使读者有所共鸣，观照自我，观照当下，从历史中吸取经验。这是历史小说的价值。而庚新的小说作为网络文学，特别是走市场与

---

[1] 汤哲声：《中国当代通俗小说史论》，北京大学出版社2007年版，第273页。

销量路线的网络文学,其不可缺少的是"爽文"特质。它的内在构思如对历史的处理,需要符合"爽文"的部分特质,满足读者阅读的心理诉求与情感需要。在枯燥的历史还原与梳理基础上,需要适当地做出一些艺术处理。小人物的成长越传奇,越能引起读者的关注,调动他们的阅读积极性。庚新也试图在这样的艺术处理中挖掘人物自身的能动性,展现主角(男主)改天换命、改变历史的魄力、智慧与勇气。

庚新的部分历史小说是在重释历史的基础上加入奇幻元素,如《大唐不良人》;还有部分历史小说是在历史考古基础上加入了一些传统武侠的元素,如《盛唐崛起》;还有一些历史小说是在"知识考古"基础上重述历史变革与个体的人生际遇。

庚新早期的历史小说多是采用传统历史现实主义的创作方法,但近两年创作的《大唐不良人》已开始转换风格,在历史考古基础上加入了魔幻、奇幻、侦探、悬疑的元素,且后者的成分越发凸显。庚新历史小说的创作风格体现了网络历史小说从早期"文抄流"到"知识考古流"再到"文解流""知识谱系重建流"等的转变。早年兴起的"文抄流"是网络历史小说的主类型,由此也造成一定时间段内网络文学市场该类型作品的饱和,并进而带来读者的审美疲劳。如庚新的三国三部曲《恶汉》《曹贼》《悍戚》,在传统创作手法基础上对历史展开讲述,受到真实历史的限制较大,个人发挥空间相对小一些，主角没有现实世界之外的金手指，纪实风格突出，语言也相对枯燥，大多是颇具陌生化、专业化的历史脉络的梳理和填充，故事在史实基础上推进。作品呈现出鲜明的传统历史小说特征。但近几年的小说创作中，庚新慢慢开始融入更多的新元素，这在《大唐不良人》中体现得最为明显。同样是"历史考古"和"知识谱系重建"，庚新在知识的考古、重释、重述和重建的基础上融入更多元素，颇具魔幻色彩。百鬼夜行、阴兵借道、魑魅魍魉、妖魔鬼怪……各种灵异妖魔元素涌现，展现了这一混乱历史时期的众生相和潜藏深处的人性、欲望。《大唐不良人》是一部穿越类、魔幻色彩十足的大唐历史断案文。主角穿越到诡异画风的大唐盛世，结识了狄仁杰、武媚娘等历史名人，主角的金手指可以看到一些"妖魔""妖术"。开篇主角便和狄仁杰一起破案。在一个个案件的推理和破解中，故事的全貌慢慢浮现在读者面前。人妖共存，平静生活之下涌动着一股暗流。作者将历史与魔幻相结合，以命案开头，埋下伏笔，将狄仁杰、苏大为、法师等人慢慢卷入事件中来，进而引出盛世大唐的宏大历史。一个个案件的铺垫形成了一个个谜团，这既能引入剧情、推动情节发展，又能勾起读者的好奇心。作为悬疑类小说，庚新在创作时注重对环境的描写，借环境来烘托气氛，推动故事发展。如开篇便描写长安城的寂静，夜色朦胧之下，突然响起一阵似有若无的雷声。在这样静谧的环境描写中,长安被置于一种压抑的安静之中,以静写动,暗示了长安城的大乱。

庚新在历史考据基础上加入了自己的理解和想象,为读者呈现出一幅和以往唐穿文不一样的大唐盛世画卷。如对武则天的处理,一改历史上一代女皇威震天下、心狠手辣的刻板印象,她成了主角苏大为的救命恩人——明空大师,温和、善良,出家后清心寡欲,恪守清规戒律;被栽赃入狱,也不卑不亢不逃脱,坚守大唐狱律。除了历史人物的重新建构之外,在历史真实的还原与现实场景的描写上也增添了更多魔幻成分。即便还有部分"知识考古"的内容在,但其也主要体现在诸多历史细节的处理、传统文化的吸取、诗词歌赋的引用、文言词语的运用等方面。在新的叙事模式和创作方法的探索下,作者对原有历史的发展面貌,对知识体系及思想内涵的书写等都进行了重构,还重塑了新的历史秩序和认知模式,将故事的可读性与历史的重构性结合起来,为读者提供了一场阅读盛宴。

庚新在《悍戚》结束语中说道:"从 2008 年第一部历史《恶汉》开始,其后历经《刑徒》《篡唐》《曹贼》《宋时行》,到现在这本《悍戚》,七年时间,六部历史,差不多一千万字,整个人写得疲了,累了,烦了,麻木了!""几乎所有的时间都是泡在如山如海一般的史料典籍之中。写书,兴趣很重要。当兴趣被无休止的史料典籍所淹没的时候,也就变得枯燥而无聊。我现在，也就面临这样的一种情况。"[1]之后的几年庚新在其他类型领域不断尝试，主动融合多类型元素，给历史小说增添新的色彩。除了在《大唐不良人》中加入魔幻元素外，庚新还尝试了其他不同风格，如《国家宝藏之建文帝的诅咒》，庚新称之为一部科幻小说，融合了时空穿越、基因计划、多维空间以及量子物理学的内容。这部小说庚新用心打磨了十年，全文二十万字，依据历史传说进行想象性创作。小说主要讲述一个研究东南亚文化与文字符号的历史学教授李达在度假时受杜聿姆教授邀请到菲律宾讲述学术研究成果，但意外被卷入杜聿姆教授的谋杀案中的故事。李达被当地警察认为是嫌疑人拘留时，乔安娜——一个国际大盗，帮助李达从警方手里逃出。他们在交流沟通之后发现目前所发生的一切都与民间传说中明朝建文帝流落海外的故事有关。他们与拥有日记线索的尼克达成合作，一同寻找传说中建文皇帝藏在东南亚用来复国的宝藏。而此时，李达接到一通电话，发现自己的妻子被绑架，幕后黑手正是杀害杜聿姆教授的那帮人。他们绑架李达妻子胁迫李达帮助其寻找建文帝的宝藏。于是，一场寻宝之旅就此展开。庚新通过《国家宝藏之建文帝的诅咒》向读者展现了他的想象力，以第一人称讲述了一个充满神秘色彩的寻宝故事。剧情紧凑有节奏

---

1 庚新：《悍戚》，红袖添香网站，https://www.hongxiu.com/chapter/22442812000727702/96391190830731065

感，一个个谜团的解开，既推动了故事的发展，也有效地勾起了读者的好奇心。小说最后开放式的结局，也使读者充满幻想。或许，我们可以期待庚新在历史题材创作中能带来更多惊喜，以及在历史题材之外也能创作更多精彩的作品。

庚新的小说丰富了网络历史小说的形态。作为一种文化消费产品，庚新自觉地吸收了网络小说的商业化特征，在创作中适时调整，敢于突破和创新，尝试融入新的元素，在适应读者、关注市场的过程中实现自身的商业价值。难能可贵的是，除了对历史的还原与重建，庚新还在作品中融入了大量古代礼仪制度、风俗文化、诗词歌赋等，对人伦道德、儒家文化、风骨精神等展开讨论与书写，这在《宋时行》中有鲜明体现，其作品彰显着丰厚的文化意蕴。

庚新文笔精致古朴，文风恢宏大气，有着超越一般网络小说的历史厚度和沧桑感，既有着传统历史小说的血脉，又有着网络历史小说的骨血，试着打通传统文学与网络文学、精英文学与通俗文学之间的界限，满足了读者介于"雅"与"俗"之间的阅读需求，为网络文学的长久发展探索了一条精品化、主流化创作之路。

第六章 在怪谈中探求人性
——我会修空调的实验与创新

我会修空调作为一名 90 后网络作家，在网络文学创作方面取得了优异成绩。他曾用笔名"宇文长弓"发表《超级惊悚直播》，这部小说在恐怖小说市场取得了很好的成绩。2018 年他以"我会修空调"的笔名在起点中文网发布幽默悬疑题材小说《我有一座冒险屋》，这部小说延续着恐怖、悬疑的风格。上架当天，该书就打破了当年全网新人新书的纪录。后来这部小说跻身男生原创风云榜月度总榜前五名，并获男生原创风云榜灵异分类月度榜单冠军。小说上线半年后，收获 9000 多万点击量、数十万条评论、100 多万名粉丝，一举打破起点中文网 13 年来新人月票纪录。《我的治愈系游戏》上线后首订 21800，累计获得 200 万张推荐票，获得了起点 2021 年度终极决赛"男频悬疑分类 TOP1"的荣誉，2023 年 10 月还荣获了银河奖最佳原创图书奖。2021 年度中国网络文学影响力榜揭榜，我会修空调荣获了新人奖。目前，新书《怪谈游戏设计师》正在连载。

早在第一本小说《超级惊悚直播》中，作者就显露出了营造恐怖灵异气氛的天赋。无论是情节设置、故事开展、人物塑造，还是世界观架构都呈现出一定的新颖性。且每部作品都在不断进步,逐渐克服之前的缺点。网文常有的因字数过长而导致的剧情注水和过于拖沓等弊端在他的小说中较少出现,小说情节步步推进、环环相扣,叙事节奏平缓有序,将故事真相一点点揭开给读者看。同时,小说也克服了爽文中主角因开金手指而带来的虚假性与夸张性缺点,用细节营造真实感。这部小说以第一人称展开,容易使读者产生亲切感和代入感,大量的心理刻画和环境描写,把恐怖、刺激的气氛烘托到了极致。作者在创作时也加入了大量鬼术、佛法等内容,理论知识的融入使剧情更加丰富、立体。从《超级惊悚直播》到《我有一座冒险屋》,作品延续了空调惯常使用的"直播""弹幕"等当下网络空间互动交流方式的风格,既增添了小说的趣味性,也拉近了作品与读者之间的距离,使读者更有代入感。现实社会中直播平台、直播行业存在的恶性竞争、作秀等问题在小说中得到一定程度的展现。小说揭示了当下一些新兴行业在高速发展过程中存在的问题和隐患。

《我有一座恐怖屋》是一部典型的恐怖灵异类长篇爽文。文风灵异奇诡,剧情惊险刺激,布局精巧,逻辑严密,伏笔铺垫有序,世界观架构宏大,各种怪谈故事引人入胜,恐怖之余又穿插一些幽默、搞笑的段子,节奏把控精准,情绪拿捏得当。作者向我们铺开了一幅厉鬼云集之都的绮丽画卷,展现了生活在这样一座城市下人们的执念、怨念、遗憾与痛苦。这座城市充满罪恶、怪谈、黑暗和恐怖，它们是这座城市的梦魇，构成了地下世界。小说以主角营业的鬼屋为基点，以主角陈歌获取并完成不同星级恐怖任务为支线展开叙述，每个恐怖任务是一个单独的故事，而整部小说中的恐怖任务又具有关联性，一环套一环，其背后是"镜中世界"与"镜外世界"、里世界与现实世界、元宇宙与真实世界的对抗与融合。陈歌在这些支线中寻找线索，在完成一个个任务、解锁一个个支线后慢慢走向另一个世界，主线逐渐清晰，真相慢慢浮现。而从低级的恐怖任务逐渐过渡到难度高的恐怖任务的过程，也是主角陈歌的鬼屋不断升级改造的过程。这部小说和其他爽文不一样的地方在于，主角不断刷新和解锁任务的结果并不是自身实力的提升，而是鬼屋获得相应恐怖级别的改造效果。在这个过程中，主角结交和收复了一众"伙伴"和"朋友"，把他们吸纳进自己的鬼屋来，并使其在以后的任务中帮助他。而主角陈歌直到小说的结尾也还只是一个普通人，离开了"朋友"的帮助，他仅凭个人的力量很难和"对于"对抗。他们之间更像是相互救赎与帮助的关系。陈歌帮助他们解除怨念，将他们从过去的执念中解脱出来，帮助他们寻求真相、还原事实、查找真凶。他们在陈歌的鬼屋找到栖身之所，在被善意对待之后也会向陈歌表达善意，和陈歌一起探索一个个恐怖事件背后的真相，和背后另一个世界中的院长、怪谈会长、凶神等作战。整部小说有恐怖，也有温情。在黑暗绝望的世界中寻求美好。

虽然整部小说是由一个又一个恐怖故事串联起来的，但作者的目的并不只是吓人。书中的"鬼"并不是吓人的怪物，每个"鬼"背后都有一个故事，他们代表着一个个执念，代表着生前留下的无法弥补的遗憾。作者把鬼当作人在写，而害死它们的是人，真正让人心生恐惧的是人性中的"恶"。诅咒院长的"恶"与"善"、陈歌父亲的"恶"与"善"、陈歌自身的"恶"与"善"都在"门"后、"镜"后的世界及现实世界中不断争斗与纠缠。每个故事背后都隐藏着一段沉重的往事，也都反映着一定的社会问题。如校园霸凌、家庭暴力、童年阴影等。对现实的批判和讽刺随处可见。表面谈鬼怪，本质上却是在谈人性。"人性这东西非常复杂，它可以如烈阳般牺牲自己为弱者带来温暖，也可能如深渊一样，漆黑阴暗，没有下限。"[1]

"人性是灰色的。"《我有一座冒险屋》颇具魔幻现实主义色彩，是一部集反映社会问题、洞察人性、治愈伤痕的作品。门后的世界就像是现实世界的一种异化，它以一种完全颠倒的世界观将人类心底的欲望具现化，那些在极度绝望崩溃下走向门后世界的"推门人"身上充满着复杂性，他们或许是面目狰狞的恶鬼，却充满人情。门后的世界充满各种绝

---

[1] 我会修空调：《我有一座冒险屋》，起点中文网，https://book.qidian.com/info/1012284323/

望。如冥胎中的孩子，他们陷入黑暗，但身边总还残留着一丝光亮。如高医生，他在妻子去世后世界观完全异化，成立了怪谈协会，收容精神病人，用残忍、暴力、以毒攻毒的方式治愈这些"病人"心底的伤痛。这是违反社会道德的，却无法让人真正厌恶。"凝视深渊的人，深渊也在凝视你"，当人们无法从黑暗中挣脱出来，那必然会彻底地陷入黑暗之中。诅咒医院的院长，经受病态世界的折磨与摧残，进入一个充斥着绝望和毁灭的世界：黑雾世界。之后他便开始寻找那些在世间遭受打击和生活不如意的人，想要"治愈"他们。或引领他们遗忘过去的记忆，或诱导他们相信自己虚构出来的世界。有人沉沦、有人挣扎逃离。"治疗"的人分化出"善"与"恶"的对立人格。如男主陈歌将恶的一面留在了现实世界，将善留在了血城之中。但善与恶从来不是完全分裂的。世上没有明确的善恶之分，善可以被诱导为恶，堕落至黑暗；恶也可以被唤醒救赎，拥抱希望。人有选择的权利。例如陈歌，他带着光亮和希望，让现实世界中的"恶"逐渐被救赎，转向光明。"世界以痛吻我，我却报之以歌。"最终象征着血城意志的他将血色世界打造成黑雾世界中的一抹亮光，以此前者比后者多了一丝残存的人性，那些带着绝望、痛苦、无助的灵魂在此逐渐获得救赎。门后的世界也有了"光亮"。

　　作者文笔沉稳老练，没有过多的修饰与矫饰，娓娓道来,给读者带来一个个诡异、奇特、惊悚的人鬼故事。人物设置方面也很讨喜。男主陈歌长相普通,从小在鬼屋长大,大胆果敢,内心温柔,心向阳光,是含江西郊恐怖屋老板,也是怪淡协会第二任会长。在完成黑色手机发布的星级任务后不断获得新的技能,如敛容、阴瞳、活偶、幸运的厉鬼眷顾者、鬼耳等,也拥有不同的道具,如被诅咒的情书、白色情人节糖果、王琦的寻人启事、碎颅医生套装、无面护士套装、自制力钥匙、哭泣的磁带、104末班车、诅咒游戏邀请函、被死者亲吻的电话号码、镇长的遗书、开膛手套装等等;在冒险和探索下陈歌还不断解锁新的场景,如一星恐怖场景(午夜逃杀、冥婚、消失的妻子等)、二星恐怖场景(绝命灵车、暮阳中学、西郊私立学院、四人放映厅等)、三星恐怖场景(第三病栋、地下尸库、活棺村等)、四星恐怖场景(通灵鬼校、新海中心医院、诅咒游戏、冥胎等);招募了一批优秀人类员工,如顾飞宇、张敬酒、曲长林、剪刀等,收养了范郁、江铃等孩童;还在鬼屋给一些鬼怪,如张雅、殷小小、许音、闫大年、陈雅琳、唐骏等提供了栖息之所。小说在单元剧和种田流的融合趋势下,夹带部分的直播桥段,在恐怖与搞笑的气氛助力下将主角陈歌的探险历程栩栩如生地展现出来。

女主张雅每次出场都"飒气"十足。她生前是个温柔安静、贤淑优秀的女孩,遭同学嫉妒被迫跳楼却没死,但没有人发现她，致使其在坠楼苟延残喘了一段时间后一点点接受生命的消亡。死后被认定为自杀。她最终变成厉鬼，在独立完成三杀、四杀、五杀之后，逐渐暴走，主宰全场，获得超神成就。每次出场都非常凶残暴虐，惩治对手毫不留情，在被男主陈歌召唤出来帮助男主的过程中，逐渐对男主生出好感，一方面越来越离不开男主，一方面又想杀死男主让他一直陪着自己。所以女主对陈歌而言像是一把双刃剑，这样的关系给整部小说也带来了趣味性。因为女主过于强大，整部小说男女主互动的场面经常被读者吐槽为男主在"吃软饭"，抱女主大腿。

　　除了男女主角之外，每个配角刻画得也都有血有肉，他们都是支线故事中的重要人物。有了他们才有了完整的恐怖屋。半张脸正常半张脸扭曲的熊青、高智商精神病罪犯吴非、高智商变态犯罪艺术家高医生、被残忍杀害的许音、暮阳中学的二十五个幽灵鬼影、东郊隧道里的红衣女人、104路公交车中形形色色的"乘客"、等候在站台的红雨衣、活在卡通机器猫身上的作者鬼、镜子里肆意穿梭的黑影、搞笑担当的笔仙……这些人物形象生动多样，丰富了小说内容，为其增添献彩。"每个人心中都有一口深不可测的井，井里埋藏着无法言说不堪回首的记忆。"[1] 每个人物身上都潜藏着无

1　我会修空调：《我有一座冒险屋》，起点中文网，https://book.qidian.com/info/1012284323

助、痛苦、绝望的情绪与情感，其身上都承受着生活的苦楚与艰辛。

"恐怖"是这本书好看的核心，它围绕"大多数人恐惧的东西"展开，一个个细思极恐的推理小故事，让人看后毛骨悚然。恐怖灵异类小说给读者带来刺激性体验，作为一种"恐怖"消费使读者的肌肉和精神状态在恐怖环境中变得高度紧张。而当一个剧情结束或一个危机解除时，读者的紧张情绪就会释放出来，整个身体与精神状态如同经历了按摩一样，进而在短时间内产生一种满足感。而这些故事之所以能使读者感到害怕与恐惧，除了场景的细节还原之外，还有丰富的心理刻画与精神分析。"真正的恐惧其实不需要太多昂贵的道具，只需要放大游客内心深处的不安，他就会被自己击败。"[1]这同样也适用于读者，文中场景的还原与气氛的烘托，使读者共情，进而达到真实，直逼读者心灵深处。

另外，作者对恐怖与搞笑间的度把握得很好。恐怖气氛营造得颇为真实，着力点到位。同时不少情节中也穿插着一些搞笑段子，比如笔仙回答问题、夜班公交车、厉鬼放映厅、凶宅过夜等，在一些大家熟悉的恐怖场景中制造笑料，相反还能取得意想不到的效果。另外，游客在鬼屋的探险经历也是本书的爽点所在。同样场景用不同视角写两遍：一遍

---

[1] 我会修空调：《我有一座冒险屋》，起点中文网，https://book.qidian.com/info/1012284323

是主角自己的体验,以恐怖气氛的烘托为主;一遍是游客的视角,以搞笑气氛的营造为主。两种视角相得益彰,在增添趣味性的同时也使得整部小说的节奏更加有序、稳健。

我会修空调通过恐怖故事的书写传递着在希望中与绝望抗争、在绝望中守护希望的精神内核,以"善意"来战胜"恶念",守护珍贵的温情。有的鬼温柔又正义,而有的人却狠辣又狡黠,善和恶、正义与邪恶交织在一起,共同演绎和展现着复杂多变的"人性"。鬼怪代表的血色城市似乎是全书最大的"善",恐怖吓人的"鬼屋"反而是整部小说中比较有"温情"的地方。忘却痛苦的记忆去获得幸福,产生了黑色的海洋,失去了生命却对痛苦的记忆产生执念并追寻缥缈的救赎希望,则创造了"血城"。而"恐怖屋"给人们提供了"直面恐惧"的机会,人们可以在鬼屋中将恐惧、恶念释放出来,在刺激性体验中释放情绪,救赎自己也救赎其他灵魂。

《我有一座冒险屋》完结后,我会修空调又开新书《我的治愈系游戏》,这本书延续了他悬疑恐怖类小说的叙事风格,但在"绝望"情绪的表达上更加深沉和内敛。挥之不去的恐惧与惊悚无时无刻不笼罩在人物周边。小说延续着《冒险屋》中"黑色雾海"的内在气息,一丝光亮也看不到,人的希望一点点被腐蚀掉。超越想象的罪恶和摸不到边的人性极限,一直在刷新着善良的底线。而在剧情节奏的把握、恐怖气氛的烘托、人性深度的探寻等方面也比之前的作品有更大进步。无论是游戏世界中主角每天的上线设定和时间限制，还是现实世界中主角的事业发展需要，"生存"的紧迫性都增加了整部小说的危机感。

小说主角是一个被辞退的喜剧演员，为了排解心情去了一家杂货店，在和老板简单交流后购买了一款名为《完美人生》的游戏。回家之后他开始玩这款虚拟游戏，但奇怪的是这款游戏并非一开始所期待的消遣放松类游戏，反而相当吓人，不治愈却很治郁。更诡异的是这家杂货店及所在街区早在他去之前就已经被大火烧掉了。小说开局便展现出惊悚味道，游戏感十足，恐怖气氛也烘托得恰到好处。因为男主韩非触发了这款游戏，便只能被动地一次次返回到游戏中，去解锁一个个场景与故事。游戏中充满着一个个恐怖怪谈，积累了诸多的咒念怨灵，主角只有去完成这里面人物的遗憾，治愈他们，才能生存下来，否则一不小心就会没命。主角在治愈别人的同时，自己也得到了救赎。在帮助他人寻找真相、破解各种冤假错案的过程中逐渐改变了自己以往颓废的状态，走上了积极的人生道路。在这个过程中他也从一个失去真心笑容的喜剧演员渐渐找回自我，在演艺之路上得到进一步突破。虽然整个过程充满了刺激、残暴、血腥、惊悚，但韩非也在一个个人物和故事中收获温暖、喜悦与感动。小说在剧情设置、氛围营造方面依旧精彩，主角每次在游戏世界中的生存挑战,都让人看得津津有味。

这部小说依旧有着一个与现实世界相区别的异世界。在未来科技异常发达的年代,人类的游戏技术已经非常高超,"完美人生"作为一款虚拟游戏将主角带入另一个世界。主角在此经历各种怨念怪谈,在怪谈遍布的世界中遇见、了解、治愈各种不幸的怨魂,每次进入这个世界都要待够足够的时间才可以退出,而如果在这个世界被鬼怪杀死,那他回到现实世界之后即便不会死也会变为植物人。故事在这样相互影响的表里世界中展开。虽然小说整体讲述的是恐怖灵异故事,但本质上展现的却是人文关怀,探索的是人性。看似惊悚,却充满正能量。

我会修空调的作品在精神主旨方面是相通的,以人性中那一点光亮去唤醒和驱除黑暗,在绝望中寻求一丝希望和生机。"如果我真的被遗忘在噩梦里,我会在黑色的海洋上画一扇扇窗,在血红色的城里推开一扇扇门,我会让所有习惯黑暗的眼睛,看见光。"[1]空调的小说在悬疑的外衣之下触摸人心,在恐怖氛围中给人带来精神能量。

---

[1] 我会修空调:《我有一座冒险屋》,起点中文网,https://book.qidian.com/info/1012284323

第七章　历史言情承载悲剧人生
——恋云的古言历史小说创作

恋云，河南网络作家学会副秘书长，榕树下短篇审核编辑，腾讯原创 VIP 签约作者，第二届 9 分钟电影大赛评委。作品有《盛世情侠：云殇》《盛世情侠：草莽王侯》《盛世情侠：天长地久》《皇朝末日：五后传奇》《秦皇打工记：男卑女尊》《魔帝：三界新娘》《天下城：囚禁郡主》《妖孽红颜》《制造妖怪的少女：暗夜诅咒》等。

21 世纪初网络文学刚在国内兴起时，恋云便走上了网络文学创作的道路。榕树下文学网站副总编辑杨勇曾这样评价恋云："恋云，腾讯原创最有侠义精神的女作者！她曾经的打抱不平、替作者行道让本编很是头疼，没办法只好招安收编为管理员。从此，一双炒菜做饭的手在论坛 Q 吧上温柔地拍打着一大帮版主的脑袋，强娶硬夺抢妻纳妾若干人，每次在网上出现，左拥右抱呼啦啦一大家子嗷嗷拉风蔚为壮观！走近之后，你会发现她的人与她的文字一样，执着、温和、从容，恰到好处，具有很强的亲和力和号召力，最要命的是她文字里那种黏糊糊的感染力，拿起本书随手一翻，就会被她太极一般的组合招数拨弄得欲罢不能，接下来爱不释手，然后老老实实地随着她书中平缓、舒畅的故事往下走，慎入慎入！"恋云以多重身份参与网络文学的发展，而她自身也在网络文学的发展壮大中不断成长，在近十多年的创作历程中为读者贡献了多部文学作品。其作品类型大多是历史言情，恋云在细腻、哀婉、华丽、伤怀的语言修辞下书写时代洪流、历史变革中青年男女的爱恨情仇、家国大业和权钱争斗。通过华丽优美的文字对男权世界进行深层次挖掘，通过忧伤又残酷的故事将阴谋与争斗、血腥与算计、浓烈纠葛的爱情与酸楚无奈的人生展现得淋漓尽致，让人回味无穷。恋云将历史、政治、爱情融为一体，在荡气回肠的儿女情长与缠绵悱恻的情感世界中展现错综复杂的历史政变和残酷血腥的权欲阴谋。文字大气，随处可见磅礴气势。乱世中的儿女情长和政权争夺随处可见，荡气回肠。

《盛世情侠》三部曲是恋云的早期作品，分别是《盛世情侠：云殇》《盛世情侠：草莽王侯》《盛世情侠：天长地久》。《盛世情侠：云殇》讲述了女子恋云一生的爱恨情仇。恋云苦恋的是自己的亲哥哥，先后嫁了父子两人，而她自己也是世俗不容的婚外私生女，在这错综复杂，爱不能爱、恨不能恨，违背伦理纲常的身世背后，有着令人深思的伦理道德观念，有着那凄美哀婉让人错愕惋惜的爱情绝恋，也有那隐藏在深处的暗潮汹涌的江湖争斗和居心叵测的阴谋。小说塑造了众多个性鲜明的人物，有柔情典雅、善良多情的江湖第一美女恋云，有冷酷孤傲、愤世嫉俗、才貌出众的冰雪堡堡主萧邃，有冷峻严肃、深沉沧桑、至高无上的江湖第一宇文太，有潇洒恣意、游戏人生、处处留情的少庄主宇文剑，还有一身正气、年轻有为的正义联盟盟主罗正成。恋云的文字具有极强的感染力，简单几笔便能将人物性格特征、人与人之间错综复杂的关系及富有层次的故事内涵书写得淋漓尽致，浓烈的情感表达和细腻的心理刻画吸引了众多读者的喜爱，让人欲罢不能，爱不释手。女主人公恋云残酷凄美的一生不觉让人哀婉，读完心底生出一阵酸楚，让人回味无穷。

《盛世情侠：草莽王侯》讲述的也是一段旷世爱情传奇，但和第一部不同的是，里面加入了真实的历史内容，集历史、言情于一体，糅合了爱情、权变、战争等要素。作品在细腻的人物刻画、真实的历史考据和环环相扣的情节设计中编织美妙绝伦的爱情篇章。小说既展现了热血男儿肝胆相照的英雄气概和雄心壮志，也描写了权力倾轧下彼此利用、兄弟相残的残酷争斗，还书写了冲冠一怒为红颜、有情有义、真心只托付一人的纯情爱恋。小说以《云殇》篇中的宇文太为男主人公，讲述了他弑父杀兄、屠戮江湖、结交权贵、追求挚爱、稳定天下的传奇故事。小说以真实历史为背景，展现的是武则天末期到开元盛世前期的一段动荡历史，贯穿了张昌宗、张易之的叛乱，韦后、安乐公主的谋反，太平公主的争权、大唐与突厥的外交博弈等一系列历史事件，将真实的历史演变与虚拟的主人公的一生进行融合，真真假假、虚虚实实，在恢宏盛大的历史画卷中展现出那个时代的芸芸众生相，以主人公的一生串联起那个多事朝堂的更迭变换，在对权力世界的深层挖掘下展现人性的复杂面。小说故事紧凑，情节跌宕起伏，人物刻画鲜明生动，恋云以女性独有的细腻笔法描绘男性气概的豪情，在展现男性宏大志向的同时也书写了坚贞不渝的爱情。男主人公宇文太身为北周皇室后裔，为了天下太平、黎民安定，他放弃战争与权斗，扶持大唐天子李隆基，团结突厥可汗默棘连，共同创造了和平稳定、繁荣昌盛的大唐盛世。而在保卫国家、共建安定世界秩序的同时，宇文太也在默默守护和坚守着一段世人为之动容的旷世绝恋，他和心爱之人共度人生长途。恋云的作品为历史言情小说增添了一抹亮色和光彩。

《盛世情侠：天长地久》作为"盛世情侠"三部曲中的最后一部，接续第二部的故事继续往下写，主要讲述宇文太后代宇文昊天的故事。十五年前江湖大战之后，正义联盟灰飞烟灭，冰雪堡元气大伤，宇文太不知下落，天下第一庄宇文山庄的霸主地位也日渐凋落，宇文剑身染沉疴，将家业传给独子宇文昊天。而此时各方势力风起云涌，蠢蠢欲动，妄图重排世界秩序。而恰逢此时西北惊现一千年灵狐，传闻此灵狐已然成精，聚天地之灵气，修有内丹，人若食之，不仅可驻颜不老、百毒不侵，还可功力大增、天下无敌。于是天下人纷纷出动，捕杀灵狐，但灵狐狡诈，搜寻之人，十去九不还。江湖公认的第一美男无忧岛主宇文俊玉已三十多岁，他的脸上没有任何岁月的痕迹，却常有忧郁的神情。第三部以叔侄二人的人生经历为主线展现了宇文太时代落幕之后江湖的血雨腥风。

《皇朝末日：五后传奇》讲述的是北周宣帝宇文赟并立五后的历史故事，以真实的历史事件为支撑，重点描写了宣帝杨皇后历经周、隋两代五朝的故事，牵动出了这一女子横跨两个皇朝的传奇人生。魏晋南北朝时期，隋国公杨坚为了加强自己的实力，达到取代周王朝的最终目的，扶持了众人认为最没出息的鲁王赟做太子，并将女儿杨丽华嫁给了赟。在其计划按照原定方向发展时，突然出现的两个人——尉迟炽繁和齐王宪，扰乱了两人的情感世界，由此悲剧开始。齐王宪作为传奇英雄，立功无数，深得民心，但因和杨丽华的传闻引得赟嫉妒愤怒，为了皇权的稳固，他甘愿赴死，用悲剧结束了自己辉煌的一生。尉迟炽繁颇有心机，想要亲近太子以帮助自己家族恢复大业，但因没有成功坐上太子妃之位，其父将她嫁给他人，而后尉迟炽繁不断挑事作恶，破坏杨丽华和赟的感情，两人间生嫌隙。赟在自负又嫉妒的情绪下一发不可收连立四后，形成了五后同朝的局面。杨丽华在后宫风评极好，性格温柔和顺，对其他后妃都不抱妒忌之心，后宫诸后、嫔妃、御女等都喜爱和敬重她。但五后家族为了各自利益斗争愈演愈烈，局势更加紧张。而朝堂之上，因赟的荒淫无道、任性无为，皇朝加速衰落，内忧外患，权臣倾轧，皇族叛乱……对此赟用极其残暴的手段一次次镇压，不顾连年战乱、百姓疾苦，也依旧纵情声色，最终北周走向衰亡。宣帝赟驾崩之后，在天元皇后杨丽华的帮助下，隋国公杨坚顺利摄政，取得了朝廷的军政大权。之后，隋国公杨坚上演了一番禅让的闹剧后，从年仅九岁的北周静帝宇文衍手中篡夺了觊觎已久的帝位，改制称隋，杨坚成为历史上的隋文帝。

杨坚在称帝后残酷屠戮宇文家族，王室成员所剩无几。隋文帝对女儿杨丽华格外善待，因愧对女儿，欲加封为乐平公主，但杨丽华誓死不从。且杨丽华在宇文后人反叛时替其求情。因不做隋朝公主，只做北周皇后的选择与态度，得到了宇文家族后人的敬仰。而她自己也在看着隋炀帝重复赟的暴政之途中哀婉老去。在这风雨飘摇的年代，爱情、亲情在权力欲望中变得不堪一击，人在夹缝中艰难生存。而作者恋云通过描写这皇朝末日开元皇后杨丽华荡气回肠的情感世界，让读者看到了她的坚韧、温柔与善良。在这错综复杂的历史政变中，杨丽华度过了她坎坷艰难的一生。

《秦皇打工记：男卑女尊》同样也是一部历史言情小说，讲述女子梦瑶意外捡到秦王嬴政后发生的一系列故事。小说塑造了梦瑶、嬴政、林俊等人物形象，围绕男女主的前世今生展开叙事，讲述了他们在现代都市、秦王朝等不同时空的传奇历程。有让人捧腹大笑的趣事，也有令人扼腕叹息的情感，恋云一如既往地实践着她独有的穿凿手法，在鲜明的人物塑造、细腻的心理刻画和繁复多层次的情节构造中讲述故事，吸引读者沉浸其中不能自拔。

作为河南网络作家，恋云小说多是写洛阳、荥阳、郑州等地的故事，以河南地区这几地真实的历史事件为背景，在作品中展现河南地区悠久的历史和深厚的文化，对该地区的历史变革、朝代更迭、风俗民情、美食服装、书画礼仪等进行深层次描写，一定程度上宣传了中原地区的风土、人情、历史、文化。

恋云的作品虽是以"言情"为核心，但其书写并没有落入"多角恋"的言情套路里。恋云是讲故事的高手，其文字具有极强的号召力、亲和力和感染力。作者能独立于各方人物情感纠葛和复杂关系之外，以冷静的笔法将故事娓娓道来。哪怕是虚构的历史故事，也极易让人信服。虽恋云小说具有鲜明的女性特有的细腻笔法，也偶有女性视角的使用，但所描写对象仍是男权世界，即便展现女性情感世界，也随处可见宏大的历史架构和磅礴壮阔的气势。由此，恋云小说形成独特的风格，她以细腻的手法对男权世界进行深层次挖掘，以历史言情承载人生悲欢，以此吸引读者关注。另外，恋云作品虽采用鲜明的女性视角或讲述女性故事，展现了女性个体的独立与坚强，但并没有过度强调女性的好强个性，没有刻意营构二元对立式的男女性别特征,以一种相对平和的方式展现女性个体在时代更迭、男权世界的艰难生存和人格魅力。而作品内核还是通过对历史洪流中人的命运、人性善恶、人的情感的深入挖掘来展现的。

恋云将传统文学的创作经验和网络文学的生产机制进行有效结合,将历史和言情两种类型元素进行融合,其作品蕴含着丰厚的悲剧意蕴与哲学道理。一方面,恋云坚持着对史实的还原和对文本故事的逻辑架构;另一方面,她也在历史叙事中融入自己大胆的想象。她兼具知识分子和网络作者的双重身份,对历史人物、历史事件进行新的审美式的想象,在重写历史的基础上,表达哲理思考,展现人性深处的欲望与诉求,表达出一定的宿命观、人性论,引人思考。

第八章　像少年一样成长

——萧瑾瑜玄幻小说创作之路

20 世纪 90 年代网络文学在中国大陆兴起，玄幻小说作为其中一种类型文，其以独特的世界架构、完整的玄幻体系和新颖的系统设定为基础，在对世界源起的想象与虚构、对生存法则的颠覆与重建、对神话佛道体系的阐释与想象中建构新的世界体系与运行规则。当下玄幻小说已是网络小说的主要类型，它以天马行空的想象和丰富多彩、传奇神秘的故事吸引着一批又一批的年轻读者。

萧瑾瑜也曾是这样的读者。他在上初中时便开始疯狂阅读网络小说，对玄幻小说情有独钟。在文荒时萌发出自己写小说的想法，由此开始了他的网文创作之路。中国网络文学作家队伍中也由此多了一个满腔热忱、怀抱理想、热血励志的少年的身影。他笔下的主人公正如他一样，是一个"在阳光下挥汗如雨的少年"。萧瑾瑜在十多年的阅文、写文过程中从一个少年慢慢成长为一个大人，在此过程中，他也在笔下玄幻世界中书写了一个又一个少年的成长历程，而这些少年也陪伴了一代年轻读者成长。萧瑾瑜、读者以及书中人物互相见证彼此的励变和岁月，"陪伴成长"成为他们参与彼此人生的一次深刻体验。

萧瑾瑜，中国作家协会会员，河南省网络文学学会首批会员，纵横中文网签约作者。2018年5月，《天骄战纪》荣获第三届"橙瓜网络文学奖"年度百强作品奖。作品多次位居月票榜榜首。目前创作的小说有《修真纪元》《灭神》《符皇》《天骄战纪》《剑道第一仙》等，都是修仙玄幻类型。这些小说都可被视为成长小说，它们有着共同的主题，即"成长"，故事主线是主人公从一个凡俗少年慢慢成长为至尊至神的历程，在此过程中人物经历"肉灵共修"的体验，不断打怪升级，以至身心都经受磨炼，最终得道成仙，称霸世界。《剑道第一仙》采用的是仙帝重生＋赘婿＋修仙的设定。苏奕前世曾是称尊大荒九州的"玄钧剑主"，现如今却只是一个修为尽失的文家上门女婿，然后根据前世记忆，在一个地图又一个地图中打怪升级，一步步变强。《天骄战纪》是一部异界大陆修真玄幻网文，男主林寻是紫曜帝国紫禁城林氏宗族之人，刚出生时被云庆白挖走本源灵脉，父亲及其一脉的直系族人被杀，母亲下落不明。后解开密保通天秘境，逆天改命走上通天之路。作品以此讲述少年林寻称霸苍图大陆的传奇之路。《符皇》是玄幻武侠小说，陈汐家族被毁，亲人失踪，婚约被撕，人生跌入谷底，却得到了制作"神符"的秘术，从此走向了斩妖除魔的道路。《灭神》同样也是讲述少年叶暮的屠魔灭神之路。"少年""成长""逆袭""励变"是萧瑾瑜作品的重要元素，而这也是引起读者共鸣的关键因素。

萧瑾瑜擅长人物刻画，同样是玄幻题材，每一部小说都有着不一样的人物设定。如《剑道第一仙》中的苏奕，读者喜欢称之为"苏姨"，因前世是个"养心如玉，励心如锋"的剑仙，重生到这一世时行事作风呈现出"狂跩酷"的特征，不多言语，但修炼习武却十分刻苦，善于总结和反思，而其他时候却又极其懒惰，这样反差的性格反而很受读者喜爱，也容易给读者留下深刻印象；又如《符皇》中的陈汐，是个努力、刻苦、聪慧又踏实的少年，认真修炼，善于计划，每一步走得都很坚定。萧瑾瑜擅长在情节构造中塑造人物，文笔细腻、刻画精巧，丰富的生活经历和历练串联起一个个小人物的人生轨迹，以此彰显出他们的个性特征和人性光彩。

剧情主线、升级主线、世界主线是萧瑾瑜创作时惯常使用的三种叙事线索。三线同时开展又互相交叉，将小人物打怪升级、成长蜕变的玄幻世界的骨架和故事脉络很清晰地展现出来，而主角人设也很清晰，整个成长线和精气神都是鲜明的，读者在此过程中能品读热血励志的精彩故事。

萧瑾瑜的小说中有着神秘且精彩的玄幻世界。他通过几部作品试图架构一个属于自己的玄幻修行体系。目前能看到一些关联，比如《符皇》的主角陈汐在《天骄》中有出现，而当前连载的《第一仙》中的男主苏奕是《天骄》中的那位剑客转世。在每一本小说中作者又尝试建构着各自独立的玄幻世界。《符皇》中他将修炼一途分为后天、先天、紫府、黄庭、两仪金丹、涅槃、冥化真人、破劫地仙。各阶段还有划分，如：后天九重，内炼真元，通达脉络，寿元暴涨一甲子；先天九重，吐纳天地，炼心定性，寿元暴涨一百年；紫府之境，窃天地之力，于丹田内开辟紫府，寿元暴涨五百年；等等。技能方面也开创有大崩拳、天龙八步、乱披风剑法、大衍风行剑、神风化羽遁法、幻神术、撼神术、戮神术、敛息无踪决、星斗大手印、万藏剑典、星空之翼、大湮灭拳、法天象地、三头六臂等近百种，兵器方面根据等级不同也有众多分类，如青冲剑（凡器上品）、玄冥剑（原为天阶，因玄冥煞气的侵蚀威力只有黄阶极品）、湮风流光剑阵（玄阶，残阵）、紫铜玄重峰（半成品，威力地阶极品）、幽冥录、诛邪笔、浮屠宝塔（仙器）等，还有伏虎断骨爪、龙形步法、降魔大手印、金鹏身法等功法，琳琅满目，皆为玄幻世界的建构添枝加叶。

《天骄战纪》修炼一途分为真武、灵罡、灵海、洞天、衍轮五大境界；作者自创了众多法则，如水之大道、火之大道、真龙大道、不死大道、太极大道、空间大道、十方阎罗道、拘魂道、羽化真金道、炼狱道等；还提出归墟五序、造化规则、时间规则、命运规则；自创众多功法名称，如抱元诀、小冥神术、洞玄吞荒经、九清圣体诀等，并能自成体系；在招式、兵器、境地分类上也有自己的一套规则；世界观方面设定了九域（分为古荒域、大罗古域、血魔古域、阴绝古域、九黎古域、北冥古域、星煞古域、天火古域、东桑古域）、昆仑墟（有"三禁九秘"）、星空古道（有中央星域、紫薇星域、白帝星域、大恒星域、景琉星域、明王星域、琅寰星域、混乱星域、遗弃星域等九大星域）、永恒真界（星空彼岸）、造化之墟、众妙道墟（分作众灵、众玄、众妙三大神域）、混沌纪元。由此建构了一个独立的、奇妙的玄幻世界。

《剑道第一仙》的修炼分为四大阶段：武道、元道、灵道、玄道。各阶段又分为不同境界，武道有四大境界：搬血、聚气、养炉、无漏。其中，搬血境分作炼皮、炼肉、炼筋、炼骨四层，此境为"武徒"；聚气境分作通窍、开脉、化罡三层，此境为"武师"；养炉境分作五层，孕养五脏，对应金、木、水、火、土五个层次，此境为"宗师"；无漏境分作登堂入室、炉火纯青、登峰造极三个层次，此境为"大宗师"。以上，就是武道四境的简单设定。而以此类推，元道、灵道、玄道等也各有关卡和分类，以此建构完整的玄幻修炼世界体系。

同时作者也试图在这样的玄幻世界中寻求人活着的终极意义，在大道至圣、长生不老、自由无羁中追寻生命的真谛。"恪守本心、问道争锋"，作者对世界本源的"道"的探寻，对自由的追求，对人物身处逆境却迎难而上、披荆斩棘的勇气与担当的展现，无不迎合了读者在困顿处境或疲乏人生之外的探求与想象。作为一种个体人生的情感补偿和经验补偿，小说世界折射了当下现实社会中年轻一代"英雄梦"与"逆天改命"的欲望和情感。

玄幻小说作为类型"爽文"，其"爽"的叙事内核是通过"系统化"的叙事模式展现出来的。当下网络文学已无法摆脱"系统"因子的影响，系统设定与宫斗、科幻、修仙、悬疑、穿越等叙事要素随意融合，由此网络文学呈现出"类型拼盘"的创作样式，"系统文"已经不能代表和囊括这类小说，"系统化"逐渐成为网络小说的一种叙事机制，而此也将会是网文发展的一种长久趋向。传统文学中有"成长小说"之称，网络小说中一众主人公在"系统"设置中打怪升级、换地图，如萧瑾瑜的《符皇》《天骄战纪》《剑道第一仙》等都有鲜明的地图划分，场景的转换、等级的变化、功力的增升等都是"系统"的组成部分，人物在不同的世界或地图中历练打怪，以此不断地修炼升级。

萧瑾瑜的玄幻小说兼具想象力与成熟的现实内核，试图推动玄幻与现实的对话，在缥缈灵动的非凡体系中再现凡俗人物踏实求索的成长之路，在庞大的世界架构中谱写人世百态，并以此探求人性与道德的深广度。玄幻小说在"打怪升级"的故事外壳包裹下，其实质展现的是人物热血、励志、昂扬向上的青春奋斗历程。无热血不少年，无奋斗不青春。作者在模拟现实而搭建的陌生异域世界中书写人物的成长故事，在超现实的世界架构中观照现实，以其内核精神影响着年轻一代读者，丰富且厚重。

第九章　多元素重组玄幻世界
——小小羽都市修仙小说的多样探索

在互联网和媒介技术变革影响下，文学创作平台得到发展，为文学样式与类型的开创提供了便利条件，也为众多文学题材的发展提供了丰厚的资源。网络文学兴起并繁荣发展以来，修仙玄幻小说一直是比较流行的类型之一。在起点中文网、17K小说网、纵横中文网等各大阅读网站排行榜上长期占据一席之地。

修仙玄幻小说并非始于网络小说，早在魏晋志怪小说、唐宋传奇话本、明清神魔小说等传统文本中就存在，主要受到道教和佛教思想的影响。甚至有学者认为玄幻小说有两个半源头：第一个源头是西方的奇幻和科幻，第二个源头是中国本土的神话寓言、玄怪志异、明清小说以及诸多典籍。最后半个源头是日式奇幻加周星驰无厘头加港台新武侠加动漫游戏。[1] 除此之外，关于"玄幻"一词，陶东风教授在《青春文学、玄幻文学与盗墓文学——"80后写作"举要》一文中有这样的界定："'玄'为不可思议、超越常规、匪夷所思，'幻'为虚幻、神奇、不真实。'玄'和'幻'都突出了和现

---

[1] 刘岳勇：《网络玄幻小说研究》，《网络文学评论》2019年第6期。

实世界的差异。"[1]故而,在这个层面上理解,玄幻小说是在超越现实法则基础上建构出了一个新的虚拟的想象世界。而这种"想象"通常建立在故事背景虚无、没有现实基础和历史根据的前提下,超越了时空界限,架空了真实历史,重新建构了一个新的世界,在这样的世界里现实生活中的事实逻辑与生存法则都被打破,人物在没有拘束的自由时空中展开活动,剧情也在天马行空、无所拘束的自由联想中推进。

小小羽早在2008年便开始在网上更新《皇道金丹》(2008年10月31号结束,134万字),随后2009年3月8号开始更新《天鸿魔道》(2009年7月7号完结,78万字),2011年2月8号开始更新《超级黄金手》(2012年7月9号完结,408万字),2012年7月19号开始更新《神医圣手》(2013年7月25号,315万字),2019年12月5号开始更新《天机神目》(2020年4月23号,99万字),2016年12月6号开始更新《饕仙传人在都市》(更新中,989万字)。从2008年发布小说开始,十多年的网文创作之路小小羽创作的基本都是修仙玄幻小说。因其设定基本都是发生在现代都市社会,故而以都市修仙小说这一更为具体的类型名来指称。

小小羽在《皇道金丹》《天鸿魔道》等作品中创设一个又一个玄幻世界。《皇道金丹》是缥缈类修真力作,书中主

---

1 陶东风:《青春文学、玄幻文学与盗墓文学——"80后写作"举要》,《中国政法大学学报》2008年第5期。

角开辟出了一条不修元婴修金丹的另类之路。"修仙觅长生，热血任逍遥，踏莲曳波涤剑骨，凭虚御风塑圣魂"，主人公在星际修真的宇宙之中成就金丹皇道。《天鸿魔道》以天鸿大陆少年林风的成长经历为线索展开叙述，他为了使命，接受家族的考验，不断地拜师修行，逐渐成为修仙界大成之人。作者凭借着想象力创设了一个区别于现实日常生活之外的架空世界，在这样的时空之中作品以光怪陆离的场景、神奇多样的修道等级、奇幻的技法打动读者，满足了读者对精神自由、永生不老、大道至胜、浩瀚宇宙的无限向往。主人公对世界本原的"道"的探寻，对自由无羁的追求，对当下困顿处境的想象性超越，对美好爱情的幻想等都是个体对现实生活自我人生体验、情感经验的一种代偿。

除此之外，小小羽的其他作品都是以"都市+重生/意外+修仙"的模式创作的，打破了纯粹架空的玄幻世界的建构。"都市+重生/意外+修仙"题材小说将现实生活与虚拟世界结合起来，一方面使故事有了更加真实、切实的立足点，拉近了读者与作品的距离；另一方面也通过建构虚幻的玄幻世界来为现实生活注入鲜活元气，为平凡庸常的生活带来新的生机和可能。

《超级黄金手》《神医圣手》《天机神目》《饕仙传人在都市》等几部作品都是采用的"都市+重生/意外+修仙修道"的创作模式。这几部作品在故事背景、人物金手指及行业背景设置方面有所差异，如《超级黄金手》中李阳意外获得能辨别古物真伪的超能力，凭借此超能力在赌石界闯出了名堂；《神医圣手》中张阳在重生穿越后拥有超越自身以往更高的医术，在自我修炼过程中也逐渐提高了中医在医学领域的重要性；《天机神目》中张超摔下山坡当场昏迷后意外获得超能力，会看相、看风水、改格局、破凶灶，之后逆天续命震动全国；《饕仙传人在都市》中美食评论家古争在游玩时捡起路边一块石头，进而意外被饕仙选中，成为都市饕仙传人，在饕仙令器灵的种种考验之下，提升自我，最终成为有史以来最伟大的食仙；《重生之二代富商》中王天才重生为吴勇后以高干子弟身份经商，随后崛起，直至世界之巅，最终修道成神；《娶个天师做老婆》中年轻的古董保养师刘易阳意外得到了上古神器，他在接受能"知古断今"的神器传承者身份之后，一步一步踏向人生巅峰。这几部小说都是以都市现实生活为背景，主人公在当下社会生存，在意外遭遇或重生穿越后拥有某一种超能力，随后凭借超能力披荆斩棘、打怪升级，逐渐成长、强大，最终成为某一界的至圣至神。小小羽的都市修仙小说前半部分重点放在金手指给主角现有生活带来的变化，以及主角在金手指助力下如何为现有生活开创一片新天地；小说中后期逐渐引出金手指自身带来的修仙修道系统，主角也渐渐接受和进入这样的玄幻世界，不断地提高等级、飞升修道，最终称霸仙界、道界。

小小羽以奇幻独特的元素和设定、某一知识领域的神秘色彩、"金手指""爽文"式的叙事模式、幽默诙谐的语言形式等来型构故事，迎合了读者的阅读心理。在网络时代，信息以碎片化形式呈现出短、平、快的特征，网络文学也逐渐呈现"快餐化"特征，如果小说不能从故事设定、情节描写与节奏把控上吸引读者的眼球，哪怕小说足够深刻、曲折动人，也难以吸引读者读到小说结局。小小羽尝试从不同知识背景与领域入手架构故事，避免陷入当下玄幻小说模式化、同质化的窠臼之中。他将不同行业、不同领域的知识与趣事同修仙修道的系统设置结合起来，也融入中国传统文化元素，使读者每读一本小说都有一种耳目一新的感觉。

小小羽的每部小说基本都涉足一个新的领域，有古玩古物领域、中医学领域、八卦占卜领域、赌石领域、美食领域、军事领域等，这对作者的知识储备是很大的考验。作者在细节描写与宏观架构双向结合下将作品引向"行业流""专业流"方向，使其作品某种程度上又成为某一行业的"行业向小说"。如《超级黄金手》，在细节描写之处如赌石的现场交易环节、赌石人鉴定验石时的心理变化、周围看客看热闹的行为、整个赌石过程的节奏等方面的把控很精准。宏观层面，对赌石行业的发展、对作假打假行业的揭露、对多样人性的考察等也都有所涉猎与关注。

都市修仙小说像是"成人的童话"，它以天马行空的想象方式给读者建构了一个又一个"异托邦"。"以往囿于地域限制,人们认识和判断事物主要依靠个人经验、习惯等方式,而现在人们的生活已经'脱域',大多数情况下,人们认识和判断事物不再局限于亲身经历,而是可以通过其他方式来完成。"[1]这种方式有很多,比如"小说"。读者在"架空"或"幻想"的虚拟世界中做着"白日梦",以此抵抗现实生活的平庸、乏味、压力与焦虑。都市修仙小说中的主角在"金手指"助力下迅速地实现自身能力、地位、阶层等方面的提升,这代偿了读者在现实生活中阶层晋升困难、能力提升艰难的挫败体验。小说主人公通过自身天赋、偶得奇遇、升级打怪等过程一步步从底层不起眼的小人物慢慢成长为受人尊敬、被人仰视的大人物,这无疑符合读者的自我实现需要,也弥补了读者现实生活中暂时无法获得成功的心理空缺,使其暂时得到慰藉。读者在阅读小说时过足了瘾,或畅想成功,或幻想未来,从"资质平庸"到"人生开挂",最终成为"人生赢家",实现事业爱情双丰收。在玄幻世界中,人们实现了对现实生活的超越。

如今互联网行业方兴未艾,网络文学发展二十多年来内容质量参差不齐,仍有很大的发展空间。修仙小说在人类生存的终极意义及人性深度的探求方面仍存在一些问题,甚至

---

1 刘日照、程嫩生:《论"后真相时代"成因及公众心理》,《东南传播》2018年第11期。

陷入意义虚无、思想浅薄的窠臼之中。当新奇的设定逐一被消耗，读者的新鲜感逐渐消退，修仙小说要如何再次获得读者青睐并实现长久发展，成为其进一步发展所需要思考的问题。这不仅是修仙小说需要面临的考验，也是网络文学未来发展需要认真思考的问题。

第十章 "狂""爽""逆""仙"
——苏月夕玄幻小说的叙事模式

网络文学自二十世纪末兴起并发展以来已有近三十年历史。而网络文学的繁荣与网络玄幻小说的发展有着千丝万缕的联系。本世纪初,一批热爱玄幻故事的写作者们(吴文辉、保剑锋[林庭锋]、藏剑江南[商学松]、意者[侯庆辰]、黑暗左手[罗立]、5号蚂蚁[郑红波])组成了中国玄幻文学协会,这就是起点中文网的前身。在网络文学发展历程中,玄幻小说也始终占据半壁江山。唐家三少、天蚕土豆、我吃西红柿、梦入神机、高楼大厦等有影响力的作家都有涉足玄幻题材。

网络玄幻小说是在吸收东方玄幻元素、模仿西方奇幻小说、融合本土文化养分的基础上进一步革新与创作出来的,其中又细化分出众多不同的亚类型。玄幻小说以等级严密的升级系统、庞大浩渺的世界架构、丰富的人文地理环境、奇异夺目的技能仙术、天马行空的想象力等建构现实时空之外的异托邦。庞大浩渺的世界架构是玄幻小说创作的基础,人文地理环境是丰富和填充玄幻世界的重要组成部分,技能仙术是玄幻世界人物修仙炼丹的必备元素,而想象力是创作者建构虚幻世界的关键能力。玄幻小说虽然是通过幻想与想象的方式描绘世界,但和现实类小说一样,都是基于人类生命体验与生存经验,在艺术加工基础上成为颇具文学性的作品。

葛红兵教授将玄幻小说的世界划分为"三界模式与异大陆模式"两类,三界模式常见于东方式玄幻小说中,主人公生活在人、鬼、仙的三重世界里。苏月夕的玄幻世界便是这样的三重世界,如《重生之狂仙逆天》中人、神、魔三界,《龙纹战神》中的龙、人、神、魔四界等,在多界地域中构建故事。这样的世界盛行着"优胜劣汰、适者生存"的自然法则,谁修炼的道行高谁就是强者,弱肉强食、恃强凌弱的现实境遇在玄幻世界中一样常见,修仙者们对资源的争夺、对技能器具的争斗等更是激化和促进了情节的发展。

苏月夕作为玄幻大师级写手,是中国作家协会会员,是橙瓜码字"网络文学薪火计划"网文学堂第78期荣誉讲师,也是第四届橙瓜网络文学奖年度十大最具成长力大神,连续创作《龙纹战神》《大至尊》《武法武天》《重生之狂仙逆天》四本热销作品,累计创作近两千万字,以独特的热血风格、天马行空的故事,赢得了大量粉丝好评,其中《大至尊》有简体出版,《龙纹战神》《剑仙在上》获有声开发,《龙纹战神》被改编成游戏。无论是小说还是IP产品,口碑绝佳。《龙纹战神》成绩突出,上架首月荣登17k小说网新书订阅榜第一,全站总订阅榜第十,总收藏近30万,排名17k玄幻总榜第三，主站更是拥有1800万的点击量，17k手机端热读榜前十，主站长期周订阅、月订阅第二名。

　　苏月夕为我们建构了一个又一个神秘又宏大的玄幻世界。如《龙纹战神》男主人公江尘带着修炼经验，重生到天香城城主的纨绔少爷身上，修炼无上神功化龙诀，披荆斩棘，罕逢敌手，炼化异兽血脉纳为己用，开启了一条重回巅峰的争霸之路。江尘为恢复自己受损的灵魂前往赤城，在赤城结识了女主角烟晨雨，并帮助烟雨楼打败对手，成为赤城霸主，获取血翼玄鹰妖灵得以御空飞行。江尘跨越起源山脉，远赴东大陆，开启一场新的征程。在齐州，江尘遇到了生平最大对手南北朝，此人乃是仙灵转世，成为江尘生命中的宿敌，二人一路敌对，从东大陆到神州大陆，再到神州净土，最终南北朝败在江尘手下。江尘得到化龙诀的真谛，化龙飞仙，纵横仙界之后，发现仙界并非终点，于是冲到虚神界，找到龙族祖地，得到祖龙传承，带领没落的龙族对抗各大神族，重振龙族威严，最终成就祖龙之身。《重生之狂仙逆天》主要讲述云飞扬在兜玄国不断修炼报家仇，在玄域结识朋友、爱人，与对手争霸，飞升之后前往天界，在天界经历浩劫，对战帝释天，将其打败取得了最后胜利的故事。《武法武天》中苏岩在外历练时悲剧地被驴踢破了丹田，然而丹田内神奇的绿光帮他修复丹田，由此开启了一段逆天修炼的历程。《大至尊》主角林沐本为地球上的特种兵王，在一次事故中穿越到了充满修士的世界,在穷途末路中林沐意外得到了夺天造化镜和夺天功,从此命运开始改变,凭借着机遇与自身的毅力登上世界之巅,锻造成一代少年枭雄。

苏月夕的玄幻世界吸收了大量东方玄幻元素,融合了道教与佛教思想,在修炼内容的设定方面呈现出鲜明的中国传统文化元素。从小说中出现的"炼丹""练气""元婴""化神""飞升""飞仙"等等级设置中就能看出其内蕴的鲜明的中国传统文化的底蕴与特色。作者在借鉴中国传统神话传说、志怪小说、神魔小说等传统文本,吸收佛教、道教思想等基础上提炼有用元素,结合网络时代修仙文学中的新元素,以此创设出独特的东方玄幻文化与修仙体系,在世界架构与修行设定方面更加丰富多元,呈现出新面貌、新气象。

玄幻小说最核心的是"修炼升级"的叙事模式。苏月夕在"修炼"内容的设定方面十分严谨,其修炼等级庞大又细化,层层分割,步步递进。如《龙纹战神》的修炼等级分为气境、气海、人丹、天丹、神丹、战灵、战王、战皇、小圣、大圣;半步人仙、人仙、半步地仙、地仙、半步天仙、天仙、半步神仙、神仙、半步金仙、金仙(大罗金仙)、半步仙王、仙王、半步仙皇、仙皇、半步仙尊、仙尊、半帝、大帝(1—9级仙帝);半步虚神、虚神、半步神人、神人、半步天神、天神、半步神王、神王、半步神尊、神尊、半步神皇、神皇、半步神帝、神帝;帝尊境、天王境、往生境、神灵之境；大衍境、起源境、合源境、地源境、天源境、星主境、星皇境、恒星境等；在"升级"中也设置了练气、炼丹等等级；道具设定方面战兵等级分为下界（下品战兵、中品战兵、上品战兵、绝品战兵、王者之兵、皇者之兵、小圣之兵、大圣之兵）、仙界（人级仙器、地级仙器、天级仙器、神级仙器、大罗仙器、王者之兵[仙器]、皇者之兵[仙器]、尊者之兵[仙器]、帝兵）、神界（伪神器、神器、天神器、元神器、混元宝器、混沌圣器）；战技等级分为人级、地级、天级、圣级，每一个等级又分为上、中、下三品；功法等级分为凡、地、天、圣四个等级；丹药等级分为人元丹、地元丹、天元丹、圣元丹、仙品丹、神品丹、圣品丹等。地图设定上圣元大陆划分为东大陆、南大陆、北大陆、西大陆、空间三角区、神州大陆等区域；里面又分别穿插了齐州、千州、炼狱、冰岛、梁州、西域、魔幽界、玄一门、武府、圣武王朝、星云宗、天香城、天汇城、银月城等地界、国土或城池。圣元大陆又分为天域、地域、玄域、黄域、乾域、坤域、纵域、横（西）域、神州净土等九大域。仙界一共分为九大仙域，分别是玲珑仙域、迷罗仙域、风驰仙域、黄泉仙域、缥缈仙域、无极仙域、光明仙域、无量仙域、如意仙域。神界也分为九州十八郡以及四方神海，分别是东胜神州、西极神州、南通神州、北凉神州、禁地神州、上古神州、蛮荒神州、大地神州，最后的神州之地，便是中州神土。另外，在势力上设定了圣元大陆、魔族、中州神土等模块，而作者在圣元大陆画地图，又分为古族（传承古老的大族，血脉强横，神州净土大族之一，雄霸一方，也是女主角舞凝竹的家族）、丹族（和古族齐名，拥有自己的传承，族内大多数是罕见的炼丹师，在整个大陆上有着极其强大的威望）、兵族（有着极为强大的锻造优势，血脉强横，诞生出很多强大的锻造师）、妖族（妖兽一脉的大族，其内有很多种族，各种强大的血脉）、萧族（底蕴最强盛的一族，血脉传承上古，有称霸天下的野心，受到南北朝的蛊惑，要降伏天下，门下无数的英才）。中州神土中又分了三大势力、五大宗门，三大势力有银山乔、山海宗、八极门；五大宗门有巫云门、鬼丹宗、星河宗、拔剑宗、烽烟宗。

苏月夕在修炼的技能仙法上也有很多别致的设计，如主角修炼的无上神功——化龙诀，主角拥有的神兵——上品战兵霹雳斧、上品战兵饮血剑、天龙剑、祖龙塔（昊天塔）、万物母气鼎（神农鼎）、寒江岳、东皇钟、镇魔碑、黑湮旗、大禹结魂灯、五雷敕令、轩辕剑、"青铜王座"等，还有书中出现的衍天印、无境之剑、大天机术（分为四个境界，分别是灵慧境、天冲境、天意境、天机境）、上古龙腾术、大虚空术、大衍炼魂术、三千焱天印（由五行神火融合而出）、天雷与火焰（红莲业火、太阳之火、真龙之火、雷霆真火、麒麟圣火、朱雀神火、智慧雷火、破晓霄金雷、九辰天劫雷、折虞旱天雷、雷神等）等。

等级的上升代表着能力地位的提高，等级越高拥有的技能、器具会越好。"修炼升级"为故事提供了核心叙事动机，也为故事框架的整体架构提供了线索和支撑。在这样清晰的、多层划分的、宏大的修炼等级中，主角的"成长线"也逐渐显露出来，人物性格逐渐鲜明，能力慢慢提升，最终实现"逆袭"成长。

玄幻世界中人物修仙升级和逆袭成长的内在逻辑是以"爽"为目标的，背后发展逻辑离不开作者和读者白日梦的精神慰藉与内在需求。当下，"爽文"在网络文学中横行，文学以"爽感"和强烈的"代入感"抓住读者味蕾，网络文学的"爽文学观"对传统精英"寓教于乐"文学观带来巨大冲击。网络文学"升级打怪""逆袭翻盘""打脸反攻"的叙事模式迎合了读者"不劳而获"、瞬间获得"快感"的阅读需要，也成就了网络文学的"爽文"模式。这些作品以丰富的想象力给读者，特别是青少年提供了现实生活之外的幻想空间，使其在快节奏、高压力、强竞争的生活中获得短暂的逃离与放松。读者在将自我代入主人公身上时，往往能享受从一无所有到称霸天下的快感，这是对日常生活无力感、挫败感的一种释放，能使人缓解焦虑。

文学是人学，文学创作的背后是对"人"的价值、人类命运、人类生存价值的思考与探索。玄幻小说以"爽"式的快感让人放松，但对人文精神的探索依旧在。玄幻小说以热血、搞笑、青春的风格打动读者，也保持着一定的价值承担与精神追求。如有的读者认为："《武法武天》展现给我们的就是一种激情、一种拼搏、一种我命由我不由天的豪情以及真挚的兄弟情义。他们拼命修炼、强大自己，激励我们努力提升自己，让自己变得更优秀。他们面对强敌时的不服输，鼓励我们面对困难时不要低头、不要放弃。网络小说有时或许也能成为一种良方，当一个人意志低沉时来上几章激情满满、热血沸腾的小说，是不是有可能犹如注入亢奋剂让人重新燃起斗志呢？反正每次看到小说中那种激烈而又热血的场面时我也会不由自主地兴奋，心情跟着跌宕起伏，或许这就是网络小说的魅力吧！""一部作品，不同的人物、不同的性格、不同的历程，造就了各式各样的辉煌，呈现出了各式各样的灵魂。在这个过程中有血腥，有很多的打架片段，但我看到的是人物的热血、少年人的拼搏，是作者向我们传达的一种干劲。"[1]

网络文学飞速发展以来，玄幻小说如雨后春笋般涌现，成为网络文学的重要类型之一。但目前玄幻题材小说仍存在一些问题，如作品多而不精，作品同质化现象严重，模式化、套路化现象凸显，原创性缺失，抄袭现象屡见不鲜，作

---

[1] 笔者《中国现当代文学》课程课堂作业时同学们的讨论与发言。

者创作受读者、资方、平台等影响较大,作品商业化、市场化、运营性特征鲜明等,这使得玄幻小说想要破圈,想要迈向高质量、主流化、高品质的发展道路阻碍重重。当下网络文学应转变发展策略,提升发展质量。如:可以将网文收益与影响力从单纯读者打赏变为读者与专业点评综合评价的方式;转变作家稿酬奖励方式,鼓励作家创新革变,建立良好的创作风气;对作品质量严格把关,杜绝烂俗、低俗情节,在追求数量的基础上保持质量;建立健全网络小说评奖机制,做好专业引导工作;加强玄幻小说的学术研究与评选活动;等等。从政策引导、平台规范、健全文学批评机制等方面引导玄幻小说进一步走健康繁荣的发展道路。以上是玄幻小说未来的前进方向,也是网络文学想要长远发展的优选之策。

第十一章　浓烈的爱恨情仇
——承九古言小说的叙事套路

承九，知名网络作家，擅长古代言情，鲁迅文学院第十二期学员，中国作协会员，粉丝超千万。代表作有《医妃独步天下》《医妃权倾天下》。他的小说剧情紧凑，文笔细腻，人物塑造有层次感，情感表达真挚温馨。代表作《医妃权倾天下》荣获2015年中国作协重点扶持作品。《医妃权倾天下》一经发表便拥有众多铁杆读者，首发之日取得了女频畅销榜第一的好成绩，打破了多项纪录。长期位居网站女频畅销榜前十。该小说于2015年10月出版，出版名为《神医帝妃：且赋深情共白头》。《2017猫片胡润原创文学IP价值榜》中《医妃权倾天下》位列第94名。

作品《医妃独步天下》是签约授权首发连载于掌阅小说的一部古代穿越言情小说。这是承九继《医妃权倾天下》之后的又一扛鼎大作，文风延续以往磅礴大气的特色，故事精彩跌宕，引人入胜，流畅的文笔刻画出男女主人公动人的爱恨情仇。《医妃独步天下》在掌阅平台发表后影响广泛，受到了广大读者的热烈追捧与赞赏，销量居高不下，书圈粉丝数30万，书圈热评数更是高达33万条，忠诚的拥趸众多，一系列针对剧情的走心长评也反映了读者对本文的深深喜爱，粉丝黏性之强足可窥见。全网点击量过10亿。影视版权已售出，影视作品正在筹备中。

承九入行至今一直以写古代言情为主，塑造的女主人公各具特色，但都是积极乐观、励志向上、坚韧独立的形象。承九认为"写作不是在故事，而是在创造人物。让笔下的人物去经历故事，然后用笔展现出来，好的作品不用担心没有人喜欢"[1]。承九一直在自己的创作过程中践行着这一写作理念。

《医妃权倾天下》是狂跩霸气萧王爷VS自强不息林医生的CP搭配。女主是C国的情报人员，因拿到了M国的医疗机密被秘密追杀，在追杀过程中意外穿越到东文国已死的同名同姓的林初九身上；男主萧天耀为东文国战神，因惨遭暗算双腿残疾，皇上忌惮他的权势步步进逼，多次展开屠杀。皇上一场别有用心的赐婚使他们相遇，两人从一开始的相互提防慢慢转变为相互扶持、生死相依。一路走来磨难重重，女主不是只会依靠男主的傻白甜，男主也不是只会宠溺女主的忠犬人设。女主机智勇敢，男主实力超群，两人强强联手智斗坏人。

林初九穿越之前是个孤儿，从小艰苦的生活环境锻炼出

---

1 中国作家网:《"在塔读，我们只要写好书就可以了"——塔读文学原创作家采访》，2015-07-21，http://www.chinawriter.com.cn/news/2015/2015-07-21/248818.html。

了她坚强的毅力。她从一名现代医生穿越到东文国左相嫡女身上，外科高手，天资聪慧，心思缜密，从容自信，拥有强大的医生系统。要塑造一个"爽文"中有金手指加持且不让读者觉得反感的女性形象是需要下一番心思的，文中的林初九有运气加持，却也付出了艰辛的努力。作者在塑造人物时有效地把握了金手指加持的合理度，使故事更加严谨，节奏感较好。人物"升级打怪"的成长路径循序渐进。萧天耀作为武神、王爷，权势滔天、战功累累，却也冷酷霸道，杀人不眨眼。随着故事情节的推进，男主揭开了其是魔尊重楼的隐藏身份，大有男主掌控全局玩弄他人于股掌之中的意味。为了自己的权势与责任，他不得不一次次把林初九送到死亡边缘。从小经历的多重磨难和各种冷箭让他在与女主相处时展现出冷血理智的特质，过于冷淡和冷静，防备心极重。而随着他和林初九的接触，他对林初九的态度也经历了从不管不问的冷漠到无微不至的照顾的转变。如此"腹黑"的男主形象以及"虐妻一时爽、追妻火葬场"的设定，满足了大量女性读者的心理需求。

作者对于男女主关系、人设的层次性与复杂性的"反差萌"设计，有着认真的思考和揣摩。鲜明的人物设定是这部小说在同类型题材中脱颖而出的关键。腹黑冷漠但聪慧卓绝的冰山王爷，坚韧端庄又自强不息的穿越女主，玛丽苏的情节，大有霸道总裁爱上我的既视感，但就是这些成功吸引了女性读者的注意力,满足了她们的情感幻想。男主在双腿被废、兵权被收的情况下依旧沉稳布局,放眼未来,设了一个长达十年的大局,最后统一四国。女主也足智多谋,在福安公主的鸿门宴上多次从危险中自我解救,与父亲斗智斗勇,帮助男主脱离险境,智斗继母和白莲花妹妹,坚强不认输,有勇有谋。除男女主外,其他人物形象也描写得颇有特色,如做事磊落、宅心仁厚的大皇子,温文尔雅、贤良恭敬的子安,沉静果断、行事潇洒的时逸寒,故作清高又愚蠢的墨玉儿……每个人物都很鲜活。

　　故事主线是林初九和萧天耀的情感线,他们两人从洞房花烛夜遇刺时的你死我活,到林初九为萧天耀治好残疾时的完全信任,再到经过一系列变故的互相认定,一条完整的情感线跃然纸上。它既展现了男女主两人之间的情感变化,也由此体现了男女主的性格特征、精神世界及个体成长的心路历程。故事的另一个催化剂是林初九从现代带来的绝密医疗系统——医生系统,它推动了情节发展,也成为帮助林初九成长为"神医"的重要工具。

　　作者对该类型题材的把握张弛有度。小说故事很长,篇幅和体量很大。作者设置了一个医生系统,一方面,系统的加持可以帮助作者更好地铺展故事情节,推动故事发展;另一方面,在系统的帮助下人物形象更加立体,人物间的互动更加丰富。而作者也有效利用系统设置,没有使作品完全被系统牵着走，重在塑造人物形象和架构故事，整部小说读起来情感饱满、立体丰富。故事情节环环相扣，特别是林初九和萧王爷从相互对立、互掐到慢慢地相知相许，中间融入了很多细节和日常描写，情感递变循序渐进，一点也不突兀。与时下跳脱的情感叙事或上来就一见钟情的情节相比，再见倾心的小说别有魅力。

小说布局方面，女主的战场也不单单是在宅院或宫苑之中，女主也参与到了皇权争斗中来。文中多处描写林初九周全的计谋和细腻的心思，通篇读下来让人赞叹。但这部小说也存在一些问题，情节拖沓是最明显的弊病。全文二百多万字，过于细致和面面俱到的心理描写会削弱读者的好奇心和自我探秘的能动性、参与感，进而破坏读者的阅读体验。虽有利于展现男女主的心理活动和情感状态，但过度拖沓会显得有些繁重，删繁就简或许会更好。

《医妃独步天下》也是一部古言小说。小说讲述的是燕北王萧九安与王妃纪云开的爱情故事。女主纪云开是当朝帝师的女儿，生母早逝，父亲不喜，因为脸上有黑斑，从小被府中亲人厌弃，与当今圣上有婚约，却被圣上以貌丑失德、无国母风姿为由拒娶，致使她身败名裂。一道婚约，要她嫁与因一场战争身败名裂的燕北王为妻。他是手握重权、世袭罔替的异姓王，名震天下、风姿无双，引无数贵女竞折腰。一场战争，他身残名毁；一道口谕，他要娶她为妻。自此一双苟延残喘的灵魂相伴乱世而生,女主人公拥有与生俱来的植物异能,天生能够生花草,男主人公面冷心热,表面傲娇对女主人公漠不关心,却喜欢暗地里默默付出。这部小说背景宏大,构架了一个四国鼎立的时代,女主人公纪云开因为一段别有用心的赐婚,被迫卷入杀机四伏的皇权争斗中,为了生存,纪云开毅然选择助其夫萧九安谋取皇权,并运用自身异能,救百万大军,杀四方强敌,躲过了一个又一个令人惊心动魄的阴谋诡计。精彩的权谋斗争令人拍案叫绝。

这部小说故事情节跌宕起伏。男女主从相恨相杀到相爱相伴,其情感线和上一部小说颇为相似,男女主慢热,日久生情,共同成长。萧九安对纪云开从一开始的厌恶,到逐渐改观,再到对她萌生爱意,情感线缓缓递进。男主的家国情怀,女主的医者仁心,小说不仅仅书写了男女主之间的爱情,还传递了更高层次的价值理念和格局。

小说语言华丽,心理描写细腻真切,人物形象鲜明有层次。萧九安,天启手握重兵的异姓王。萧十庆被绑,他毫不犹豫地拿纪云开去交换;云家染指燕北军,他第一个质问的是纪云开;然而,不知从什么时候起,他开始心疼纪云开。她因身体不适痛哭求他,他冷漠转身,直奔皇宫找药;她被人诬陷,他便用行动表示怎样才是欺负;她和别的男人站得近一些,他便怒气冲天。作者把萧九安最初的执拗狂暴和后来的温柔深情展现得淋漓尽致,行为的"反差"鲜明地体现出人物的情感变化。纪云开,当朝帝师的嫡长女,亦是天启第一美人。痴情的她为帝王以身试药毁去绝美容颜,因妹妹的一句"无国母之姿"而被遗弃。一道圣旨她嫁给生死不知的燕北王,从此前途生路茫无边。在王府她是不被尊重的挂名王妃,命不由己只因他霸道的府规:燕北王死,燕北王妃陪葬。她受尽苦楚,忍常人不能忍之屈辱,只因不信世间无情。奈何天怜苦情人,她用上世的异能救了他的兵,她亲尝百草,只为求得一条生路。无奈得到的却是他冷酷无情的警告。她单枪匹马救那个愿意给她温暖的师兄,她服用禁药,只为寻得异世的那一丝温暖。她凭借一双手踏上风华之名,纤纤素手,扰天下之局。她是纪云开,她从不为旁人而活,独自坚强,只为求得一丝生存机会。故事层层铺设,情节环环相扣,激烈跌宕,读来令人欲罢不能。

当下,网络文学各类型题材层出不穷,但精彩的小说可遇不可求,承九的古风虐恋文可谓一骑绝尘。"爱情"的书写一直是承九作品的核心。正如作品简介:我爱你,愿为你赴汤蹈火,背负倾国骂名,助你夺万里江山;我恨你,便要挖你的心,剔你的骨,哪怕生灵涂炭,毁这如画江山亦在所不辞。爱就要爱得轰轰烈烈,恨就要折磨你到死。[1]承九小说传递着鲜明的情爱观,有着巨大的冲击和矛盾,读者在阅读过

---

1 《医妃权倾天下》,http://www.wutuxs.com/html/0/226/.

程中可以感受到激烈的、鲜明的、强烈的、炙热的情爱变幻，读者跟着人物情绪变化而变化，沉浸式阅读，更易产生共鸣。

　　虽然读者常说读承九小说是在"玻璃碴儿里找糖吃"，但恰恰是这种先虐后甜、时虐时宠的情节设置，才吊足了读者的胃口。而架空版图、社会制度、各色人物等的书写基本是逻辑闭环，关于战争、商业、医术的描写都为整部小说增光添彩。

　　什么是爱情？是初见的惊鸿一瞥，是相处的日久生情，还是困难生活的一双援助之手，或者是暗淡日子的一抹阳光，是那个让完美公子凤祁自卑的小师妹，是那个让天医谷主不计对错保护的云镜，是那个让萧九安愿意改变一切的丑女王妃。大概最好的爱情便是日子平淡，却有一人的出现点亮了你的生活。再好的爱情也要经营，亦如墨七惜。这世上从不缺少爱情，却很难相守一生，爱情本是珍品，何不珍惜。那个发光的少年，需要坚韧独立、热爱生活的女子与之相配。承九的作品在一个又一个炽热真诚、刻骨铭心的爱情故事中展现个体成长与情爱历程。

第十二章　反套路叙事
——烟波江南网文创作的"奇门妙招"

烟波江南，晋江文学城签约作家。专注于古代言情和现代言情，作品有《穿成气运之子的亲妹妹》《我竟然不是人》《我真的太美了》《系统求我做个人》《死不要脸的我发财了》《想要攻略的他竟暗恋我（重生）》《造反成功后》《风水辩证法》《都说我哥是纨绔》《家养胆小鬼》《造星女王》《谁家娇女》《相公太上进》《将军家的小娘子》《世家婢的逆袭》《古往金来》《皇权公主》《重生之花开富贵》《九爷吉祥》等；评论文章有《我眼中的小南小北》《其实这是正经的长评》《相爱、并肩、携手向前》《约定之章》等。2014年创作的《将军家的小娘子》出版了实体书，也卖出了影视版权。同名影视剧由优酷出品、北京时代光影有限公司承制，该剧于2020年10月在优酷视频首播，反响不错。烟波江南作为一名出色的网络作家，部部精品，字字珠玑，创作的小说情节跌宕起伏、扣人心弦，情节与文笔俱佳。

《将军家的小娘子》以"甜文"为标签，一句简介"我的相公不纳妾"吸引了众多读者的目光，作者站在真正的英雄是要守护国家的立意高度上，以朝堂更迭、权力争夺为背景，书写了男女主并肩作战的故事。端王爷将自己最不喜的女儿远嫁给戍守边疆、长相丑陋、在京城有着杀人不眨眼之名的男主。但阴差阳错的是，女主嫁到边城之后受到将军的无限宠爱，过得比其他几个姐姐都幸福。女主娇憨可人，男主腹黑专一，小说因女主的爽朗个性呈现出轻松欢乐的氛围。作者笔力深厚，女主看似绵软实则坚韧无比的形象不过出场寥寥数次就跃然纸上，而随着女主出嫁、边关大战、与战士共同御敌等经历的书写与展现，其人物形象更加立体，更有层次感。读者不由自主地跟随书中人物的遭遇时而欢喜、时而感动，对故事后续发展充满期待。《将军家的小娘子》中男女主人公的人设在浩如烟海的网络小说中绝称不上新颖独特，却胜在讨人喜欢。娇气、贪吃、表面软乎实则通透懂事明理的女主和恶名在外却始终心有大义、忠心报国的男主，在形象塑造上都颇为生动，清晰鲜明。女主是呆萌单纯但又大智若愚的小白兔形象，男主是优雅而又有野心、温柔又细心的黑豹形象。这样的一对 CP 互动与交流撑起了整部作品轻松明快的氛围。

　　女主沈锦最初因为身份问题没有得到楚家人的重视。在一次抵御蛮族的战争中，沈锦褪去了娇贵与稚嫩，用自己的智慧带领边关将士解决了问题，逐渐在边关树立起了自己的威信，并获得了将士们的拥戴。她的赐婚对象边关大将军楚修明在了解到沈锦所做的事情之后，对其刮目相看，两人的感情由此也不断升温。但朝局的变化让皇帝对楚家军疑心越来越重，以沈锦父母为人质，下密诏给沈锦，让她做皇家间谍，监视楚家军。沈锦和楚修明带领楚家军历经风风雨雨，两人在保卫国家安宁的同时也收获了美满的爱情。

小说还通过瑞王妃、陈侧妃等人物及其人生历程展现了封建时代下困于宅院的女性的悲惨命运。瑞王妃是心思通透的大家小姐，在局势胁迫下为了家族利益只能嫁给无德无智无才的端王，赵端的一句"是我们对不起妹妹"揭开了这个女人一生的伤疤。内宅之中，她独自支撑，果敢坚毅，身为当家主母，对庶子庶女从无半分苛刻；外院之事，她从不主动插手，但对朝堂上的风云变幻却远比沉迷于女色的丈夫看得通透，果敢坚毅，立场坚定，一心为家族谋出路。这般女子，却困于后宅，是极大的憾事。陈侧妃，女主生母，不争不抢，明晓"给所爱的人生孩子是一种幸福，给丈夫生孩子是责任"的道理，对人生世事看得颇为通透，活得隐忍，不强求，但也不懦弱。女主先前受其生母影响较大，后又在瑞王妃身边，深受瑞王妃为人处世方法的熏陶，这两个女人的性格和智慧，最终影响了女主大智若愚、聪慧通达的性格塑造，也成就了她的幸福人生。沈锦是一个清醒的人，开局可能没有那么好的底牌，但她却凭借自己的努力，为自己谋取了美好生活。女主表面柔弱，实则拥有大智慧。宅斗和权谋相结合，故事十分精彩。

有读者在晋江书评区说道："看归看，也明白女主的甜蜜生活少不了她自己的努力。毕竟，前期被提防被排斥被无视的时候，就算孤立无援，她也守住了立场，作为将军夫人还鼓起勇气带领大家一块抗敌。等到守得云开见月明之时，又从不见她抱怨，反而只记住了那些美好，也懂得分寸，不问不提不让她知道的事情。所以，再美的人生都是需要经营的，再恩爱的人都是需要付出感情去维系的。没有无缘无故的爱，也没有天上掉馅儿饼的事情，看透但不失望，用心生活，不求回报，兴许过得会更自在吧。""女主大智若愚，软萌不失坚韧顽强，在男主宠爱下仍一路成长和男主携手搞事业，事业家庭两不误。几个恶毒女配和一众反派的结局也让人舒适，基本保证了恶有恶报的正确三观。男女主之间的糖也不少，两人的宝宝和宠物间的互动很有画面感，非常温馨有趣。""外柔内刚小娘子 VS 冷面宠妻将军，从头甜到尾。总体没有太大的剧情冲突，但就是很甜啊，男主看起来冷得很，但真的实力宠妻。年纪大了，就这么肤浅，喜欢看点简单的甜文。"[1]

小说以守护国家为背景，立意深远。诚帝用卑劣手段得到皇位，上位后又对身边的人多疑猜忌，想尽各种办法除掉楚修明，甚至连自己的亲弟弟端王都不放过。遇到事情后总是习惯把责任推到别人身上。诚帝用各种不耻手段来谋害所

---

[1] 烟波江南：《将军家的小娘子》，晋江文学城，http://www.jjwxc.net/onebook.php?novelid=2293026.

有他不喜欢的人，使得朝堂之上忠臣锐减、小人当道。在这种背景下，楚修明带领的楚家军和端王、赵家等人一同联合保卫国家。宏大的家国情怀让读者在阅读中热血沸腾，并产生强烈的共鸣。"天下兴亡，匹夫有责。"小说展现了边关人民在一次次抵御蛮族的斗争中誓与边关共存亡的自我牺牲精神，他们在民族大义面前，不惧、不躲、不逃，勇敢面对，男女老少皆上阵杀敌，这种精神令人敬佩。在不满统治者残酷暴行的统治时，百姓们敢于揭竿而起，最终在楚修明的带领下推动国家走向进步。封建时代早已过去，但家国情怀永远不会过时。这种在大是大非面前表现出来的民族精神、民族认同感及家国情怀在作品当中展现得淋漓尽致，也让读者感受颇深，能从阅读中获得启迪和思考，这是阅读的意义所在。网络小说同样需要紧扣时代脉搏，弘扬社会正能量和主旋律，向读者输出正确的价值观。在这样的价值引导下青年一代才能变得越来越好，网文市场也才能出现更多有益于读者和社会的优质作品。

烟波江南在人物形象塑造方面有着深厚功底。主要人物形象刻画得细腻生动，群像也十分出彩，人物鲜明立体。如：生性多疑、残忍暴虐、昏庸无道的诚帝，心思缜密、聪慧过人、沉着冷静的瑞王妃，性格泼辣、工于心计、心胸狭窄的沈梓，武功高强、忠心耿耿但又冲动易怒、有勇无谋的费安，等等。这些有血有肉的人物不仅衬托了男女主人公，也为整部小说增光添彩。在情节安排上,作者设置了众多悬念和伏笔,剧情连贯,跌宕起伏。如小说开头就有伏笔,包括楚修明的真实形象、真实身份,皇帝上位的秘密,楚家的终极计划等。读者在好奇心驱使下会被吸引着想要继续往下阅读。小说后半部分作者一一揭开伏笔,情节连贯,环环相扣,在一个又一个悬念的揭示过程中,一条复仇的暗线被完美地衔接起来,阅读到最后恍然大悟。小说通过悬念的设置使得情节环环相扣,既有效地吸引了读者关注的目光,也为整部作品增添趣味,同时还使得作品在人物塑造、主题阐述方面达到更好的效果。

  除了《将军家的小娘子》之外,烟波江南还创作了其他网络小说。《都说我哥是纨绔》是一部集穿越、历史、宫廷等元素于一体的古言小说。武平侯一家原本过着平静幸福的生活,但这份平静却被从现代穿越过来的人们所打破,穿越者为了改变自己的命运,根据自己所了解的情况想方设法地依附于在后来大有所成的人,但因为他们对所处时代和地方的不了解以及自己的愚钝,其身份被聪明的女主苏明珠所察觉,武平侯一家通过自己的权势和智慧弄清楚了这些突然出现在他们生活中奇奇怪怪的穿越者的来历,并从这些人的嘴中套出了自己想知道的信息,进而没有让事情朝着原本的结局发展。女主也改变了自己的命运,继续过着幸福快乐的生活。这部小说设置新颖,反向设置的穿越情节是亮点。与常见的穿越故事不同，一般的穿越故事是主人公穿越到其他时空，而这部小说却是配角们穿越到主人公所在的时代，而且不是一个人穿越，而是一群人穿越。作者先通过一个配角的奇怪行为引起女主的怀疑和思考，同时也引起了读者们的阅读兴趣。随后再通过女主遇到的众多奇怪现象，以及女主对其的分析和猜想，带领读者一点点解开谜团，让读者了解到这部小说人物背后的真正故事。女主身边奇怪的事情纷纷出现，如管家儿子向主子家小姐写情诗告白、柳姑娘落水后便性情大变、千里迢迢假冒男主表叔的男人想和男主结为亲家、年轻姑娘学做田螺姑娘讨好男主……奇怪的人越来越多，女主和她哥哥渐渐发觉了他们的共通之处，那便是他们都是在生病或死而复生后性情大变的，对所属环境没有归属感，对男主讨好拉拢，对女主一家鄙夷轻视，对皇族高管缺乏敬畏感，且大多在审讯时又会暴毙。通过对这些人异常行为的揭露，故事的神秘面纱才被慢慢掀开，女主一行人也通过梦境的方式回想起了上辈子的事情，与这一世的现实相结合，推断出了上辈子的事情真相，知道了四皇子、六皇子对帝位的渴望和不择手段，也有了提前防备的机会，通过利用"奇怪之人"的自以为是、目中无人，解决了自身的困境，弥补了"前世"的遗憾，收获了美满的幸福生活。作者在作品中也描写了温馨的家庭生活，父母孩子们的相互守护，兄妹夫妻之间的相互帮扶，在温情书写中感动读者。

这样新颖的穿越设置不免让读者觉得新奇。以往的穿越题材小说，不管是重生还是穿越，穿越者都以为自己拿到了所谓的"剧本"，于是一群"上帝"开始暗戳戳地规划自己的康庄大道，正如这部小说中的群穿者一样，各种让土著不忍直视或穿帮到不可救药的人物开始了他们的奇怪表演。而所谓的重生者不过是前世的失败者，一般失败的人未必知道自己前世到底败在哪个细节上。一个人的心性和能力是很难改变的，也许重生一百遍也不一定能走上成功之路。或许某个机遇在重生的加持下被抢占到了，但想要真正地复制他人的人生，却又是极其艰难的。《都说我哥是纨绔》就是通过配角群穿到主角世界的故事来讲述这样的道理，即便手持"剧本"、拥有上帝视角也不一定能不劳而获，反而聪慧的女主一家凭借着缜密的分析一步步收获了自己的幸福。

《造反成功后》也是一部设置新奇的古言小说。很多宫斗类、历史类小说都惯于描写主人公从小人物逆袭成长、如何造反成功或如何问鼎坐上皇位的故事，如"王子和公主"的故事也多是讲到王子和公主在一起后便戛然而止。这部小说开篇女主便已经凭借父辈造反成功成为"公主"，故事内容主要讲述其从平民变成"公主"之后的故事。女主严舒锦和祖母、母亲、弟弟相依为命，一直以为自己父亲早已死在战场，没想到有一天父亲突然回来，竟还和大伯造反成功了，转身一变成了王爷。一朝从贫苦线上挣扎的百姓变成了皇亲国戚,这种感觉实在是不错。小说由此调动了读者的热情。小说中女主严舒锦成为公主之后,自强不息、努力学习,拳打父亲的妾室,脚踩不安分的世家,收获美娇郎,给天下女子谋出路,最后事业家庭双美满。女主为自己家人和百姓做事,不委曲求全,也不仗势欺人,练达通透;给自己和家人谋生路,打破偏见,最终成长为一代明君。

在父亲回来之前,严舒锦小小的身躯背负着养活全家的重担。不过十几岁的孩子,给富贵人家当下人,在深宅大院里承受着明枪暗箭;为了保护奶奶、母亲和弟弟,十几岁便双手沾满鲜血;她在小小年纪便学会了算计,学会了强势,学会了防备和彪悍。正如她母亲所说的,"当活着都是一种奢望的东西时,你不能要求她再去温柔、再去善良"。但她又是幸运的,父辈造反成功后她便过上了锦衣玉食的生活,虽然之前的日子苦了一点,但所有的坚持最后都有了回报。不过即便过上了锦衣玉食的生活,深宫宅院的日子也并不好过,原本的家庭生活时刻要和国家大事联系在一起,保护自己和家人的利益,独善其身,在人心与欲望的考验下坚守自我,也是异常艰难的。

严舒锦心思缜密、深谋远虑,有着那个时代一般女子所没有的魄力与思想。那些看似离经叛道的想法,如开女子学堂、建女子军队,都是她心之向往、理想所在。她不仅在为自己奋斗,更是在为打破那个时代对女子的偏见而努力。她勇敢真诚,即便是幼年的磨难也没有让她变成穷凶极恶之人,心底始终保有善良,内心依旧有对生活的热爱和向往。而正是年少的艰难生活让她更能体会底层人民的艰难以及美好生活的来之不易,这促使她在成为公主之后依旧将天下苍生放在心中,依旧不忘继续奋斗、保护身边的人。

《穿成气运之子的亲妹妹》是一篇升级流的穿书仙侠甜爽文,以女主苏念的视角来写,主要讲女主欢快的修仙生活。小说风格轻松温馨,女主升级打怪、拯救万物,日常沙雕欢脱。穿越之初,苏念以为自己手握种田剧本,准备发家致富让她哥努力科举,不想画风突变才知道自己其实是进入了一本男主报仇雪恨的修仙书中,而她的哥哥就是男主。在苏念准备快乐躺赢的时候觉察到她哥哥有些不对劲儿,这才发现,她不是穿书,而是"回家"了。随着情节的展开,读者会发现女主的穿越、哥哥的重生、男女主的相识等等都是提前安排和设计好的,其目的是拯救即将迎来大劫的世界。小说主要描写亲情、友情和主人公对世界的责任。值得一提的是,在"男女主爱情大过一切"的女频仙侠文发展趋势下,这本书的主要内容并不是描写男女主爱情的,前期主要讲述女主及其哥哥的修仙生活,后期则主要讲述男女主拯救世界的宏大故事。女主苏念萌软佛系、乐观坚韧、古灵精怪,哥哥苏曜有颜有实力又是个宠妹狂魔。为了世界,为了世人,他们承担起重担。而对于彼此来讲,对方就是星光的存在,看似遥远，但永远相伴，照亮对方。

烟波江南的作品无论剧情、文笔、人设、套路、设置还是情感表达都有着自己独特的风格，创意清奇，其作品深受广大读者喜爱。因女性视角和女性人物的塑造，也构建了新时代独立自强的女性形象和女性精神。烟波江南的作品类型广泛，从宅斗到朝堂，从评论到同人，均有她的足迹。虽四面开花，但烟波江南也深知自己的优势，主要精力仍放在言情小说的创作上。晋江简介上的一句"总想开新文"，可看出她是一个充满激情、热爱文学的作家。期待她继续带来更多优质作品。

# 第十三章　从"期待感"走向"情绪"的爆发
——碳烤串烧在不断摸索中前行

碳烤串烧（标枪羊肉串），原名刘洋，网络作家，中国作家协会会员，河南省作家协会会员，鲁迅文学院第二十一期网络作家班学员，第十九期"青社学堂"暨全国青年网络作家班学员，七猫中文网签约作家，阅友中文网签约作家。碳烤串烧从2012年开始接触网络文学，至今已创作作品2000多万字，从穿越到玄幻，从仙侠到都市，网络小说的大部分类别，碳烤串烧都有涉及。用他的话来说，不断尝试是为了在网文中找到适合自己的一条路。碳烤串烧的小说，多以快节奏的爽文为主，语言犀利，情绪饱满，很容易将读者吸引到他的作品中去。其中多部作品获得IP改编，《神瞳狂医》《神瞳龙婿》《龙医狂飙》《绝世龙医》等作品获得了影视改编，单平台播放量破亿；《万斩乾坤》改编成了同名网页游戏，还有多部作品开发了有声版权。

网络小说的核心竞争力是什么？碳烤串烧认为："核心竞争力就是故事。读者不在乎你外貌如何，不在乎你是否有钱、是否贫穷，在乎的只是这本书的故事内容。这是一个很公平的世界。你写得好，那就有人看，没有恭维，没有虚与委蛇；写得不好，就不会有读者买账。所以，竞争力就是故事本身，只有写得好，才有竞争力。"

而关于在创作中是否会选择目前爆火的小说类型,碳烤串烧表示:"百分之八十的作者都会这么选择,剩下的百分之二十是指写现实题材类型的作者和那些大神类作家。在目前的网文市场,不奔着赚钱去创作的作者几乎没有,想要赚钱,就得迎合市场的需求。比如2019至2020年,赘婿文和战神文非常火爆,当时打开任意一家小说APP,排行榜前十名,至少八本都和这两个题材相关,这就是市场。也正是这样的市场,营造出了一本书单月破百万的成绩。这样一来,迎合市场的就不只是作者自己,网站也会向市场看齐。而如何把握风向标和趋势,其实都和爆款息息相关。任何排行榜,只要某种类型的小说霸榜时间长,那就是一种风向标的表现。"碳烤串烧的创作风格也总是跟随着爆款和流量而调整。

碳烤串烧创作的作品类型丰富,不管是早期的玄幻小说,还是近几年的都市小说,多以人物的成长为主线,结合爽文的行文风格和小白文的写作手法,使读者产生共鸣。另外,通过人物的塑造来刻画人性的丑陋和贪婪,以剧情的吸引力来满足读者的期待感。

他的最新小说《绝世龙医》就是一本爽感十足的都市小说。开篇以女主背叛的"虐点"为切入点,让读者在简短的文字中产生共鸣,进而使读者有读下去的欲望。用作者的话来说,"能够让读者读下去,就是一本小说成功的关键"。男主人公林默的开篇遭遇让读者同情。同时，这种压抑到极致之后的反转，往往能带来出其不意的效果。读者的期待感也随着故事元素的增加而不断提升。

这部作品采用了爽文常用的背叛、反转、逆袭模式，并结合了神医、相师、赌石等各个元素，增强了故事的层次感。小说前三十万字主要以医院部分的情节为主。俗话说，"匹夫无罪怀璧其罪"，男主林默在神奇医术的加持下，很快就成为医院当红的医生，反派医生梁宏以及同科室的医生刘银龙心生妒忌，给主角林默不断制造各种麻烦，却都被林默一一化解。同时，在前三十万字，作者通过孤儿院院长魏老爹被杀一事，引出了主线内容，让读者对男主的身世充满疑惑，期待感十足。三十万字之后，在男主解决了医院和世家的麻烦，意气风发之时，又引出了女主莫雨菲的身世。一个是没钱没势没背景的孤儿，一个是晋中顶级家族的小姐，两人的悬殊地位，注定了两人的感情会遇到很大的阻碍。"三十年河东三十年河西""莫欺少年穷"的既视感引起读者极大的阅读欲望，故事情节扣人心弦。读者好奇女主在被家人带走，准备和他人成婚时，男主林默又会如何解决这一困境。有了这个伏笔，读者又会被故事深深吸引。八十万字后，作者将风水相师与都市生活衔接在一起，使小说更有看点。目前《绝世龙医》已经更新到了一百万字，剧情的丰富饱满和先抑后扬的爽点，使这本小说展现出了鲜活的生命力。

除了神医类型的作品，碳烤串烧还尝试过鉴宝类型题材的小说。《神瞳龙婿》就是一本以鉴宝为主的都市爽文。作者表示，在书名中体现出"赘婿"元素，是为了契合当时的小说市场和风向。当时赘婿文非常火爆，故而开篇以赘婿情节来吸引读者的关注。但故事的主要部分是围绕鉴宝展开的。为了创作这本小说，碳烤串烧还特意前往古玩城学习了一个月，买了各种古玩鉴宝类书籍来看。作品中所有出现的鉴宝内容，都是作者在客观精细的考据基础上创作的。另外，碳烤串烧还接触各种老板、各类顾客，帮助其在书中细致入微地描写每个人的行为举止和心理特征。

书名上的"神瞳"二字说明了主角拥有"金手指"能力。但既然拥有如此厉害的金手指，主角又为何会变成上门女婿呢？这种反差和矛盾，驱使读者不得不去小说中解疑释惑。开篇前三章便讲述了男主的第一次逆袭。身为上门女婿，被丈母娘嫌弃，势利眼丈母娘更是有攀龙附凤的想法，让男主时刻有被逐出家门的风险。在拍卖会上，男主陈凯崭露头角，以物易物拍得价值五千万的首饰送与妻子。第三章的结尾，神秘的电话，预示着男主的身份并不简单，接下来小说逐渐揭开了男主的能力与身份之谜，剧情扣人心弦。同时，鉴宝的内容跌宕起伏，读起来非常过瘾。主角凭借智谋以低价获得古玩和玉石宝器，再以高价卖出，这种紧张忐忑的情节设置，极大地激起了读者的好奇心。

碳烤串烧的小说虽是都市类爽文题材，但每当他人遭遇困难，主角都会义无反顾地挺身而出。碳烤串烧表示："现在的网络小说是面向大众的，所以作品一定要具有正能量，作家要肩负起网络文学高质量发展的责任与使命，让网络文学在这片大地上发挥它应有的价值。"

第十四章　勤能补拙，努力从不停歇
——曾经的蚂蚁创作之路

　　王长亮，中共党员，河南省作协会员，郑州市网络作家协会理事，第十九期"青社学堂"井冈山革命传统教育培训班学员。曾多次作为河南优秀网络作家代表参加团省委、团市委举办的文学活动，也多次受邀参加团省委举办的庆祝建团 100 周年特别策划节目。荣获首届河南青少年爱国主义读书教育活动"阅读推广达人"称号。自 2017 年踏上网络文学创作道路，累计创作作品九部，涉及历史、玄幻、都市、乡村等各种类型，共计两千五百余万字。其作品在各大渠道热销。掌阅文学书籍《医行天下》长期占据同类型作品阅读榜单第一位，单本稿酬破百万，荣获郑州市作家协会首届网络文学奖。爱奇艺文学《九天独尊》长期占据销售榜前五名，日点击量最高达百万。点众文学《神医龙主》全网销售渠道爆火。番茄小说《圣手小村医》屡次占据阅读榜、口碑榜、热搜榜前列，月收入十万以上，单本稿酬破百万。

　　相比较其他网络作者，曾经的蚂蚁踏上网文之路，已经算是比较晚了。2017 年，因家庭与工作无法兼顾，几经考虑，他最终以"蚂蚁"为笔名，签约纵横文学网，开始了第一部小说《三国之霸业》的创作。作品主人公秦成以穿越者的身份来到汉末乱世时期，在没有金手指的情况下，利用自己后世掌握的知识，招募武将，占领城池，一步步成长为一方诸侯，最终恢复汉室基业。全书八十万字，在现在看来，当时的文笔还颇显稚嫩，却奠定了其以后的写作风格，并形成了自己独特的写作路线。那就是从小人物入手，从小村镇出发，随着人物的成长与故事情节的发展，徐徐展开一幅波澜壮阔的争霸宏图。

　　第一本书完结之后，在同行网文作者的介绍下，蚂蚁签约了掌阅文学。也就是在这个时候，开始用"曾经的蚂蚁"为笔名，创作了《医行天下》。这本书也是蚂蚁的转型之作。全书共计五百万字，以豫南小村庄为原型来展开故事。书中的主人公王昊读书时因为被诬陷蒙受牢狱之灾，然后在狱中结识高人，学习逆天医术和功法，出狱后返回家乡，却发现村长贪赃枉法，村霸鱼肉百姓，开始与之周旋，最后借助自己的能力将其尽数扳倒，再接着修建道路，兴办工厂、学校、商业街，带领村民走上发财致富的道路。全书以小人物的崛起为主线，并且延伸扩展至家国建设与兴盛之中。书中塑造了诸多为华夏崛起、为人民幸福而不顾性命的暗夜守卫者的形象。他们立于黑暗，却面向光明。众多人之所以觉得岁月静好，那是因为有人在默默地负重前行。主人公从守护小家，到保护大家，思想和觉悟在不断地提升，最终担当起守护人族的重任。书中歌颂了无数为华夏崛起抛头颅、洒热血的英烈，三观端正，文笔细腻。除此之外，他还在作品中融入了诸多传统文化元素。比如中医文化、上古传说等。用颇具故事性、形象化的方式，让读者更容易理解和接受，进而产生文化认同。同时，作为河南网络作者，曾经的蚂蚁不忘本，在作品中，到处可见洛城、汴京、中州等象征河南的地域描写，通过自己的文字，为宣传家乡文化添砖加瓦。第二本小说对于曾经的蚂蚁而言，无疑是成功的。作品长期占据同类型榜单第一名，参选并荣获郑州市作家协会首届网络文学奖，实现了名与利的双赢。

　　但即便这样，曾经的蚂蚁依旧没有止步。因为他知道，自己起步太晚，相距那些网络文学佼佼者还有很长一段距离，所以，不敢有丝毫停歇。"勤能补拙，努力才有未来！"这是曾经的蚂蚁一直挂在嘴边的话，也是他以"蚂蚁"为笔名的原因。他希望用蚂蚁辛苦劳作、坚韧不拔的性格来激励自己。所以，在《医行天下》大获好评时，他没有停歇，又在其余平台陆续开始新的创作。爱奇艺文学的《九天独尊》以及点众文学的《神医龙主》皆是这个时期的产物。《九天独尊》属于玄幻类型，同样继承了曾经的蚂蚁以前的风格，以小人物入手，讲述了主角逐渐变强，最终承担起守护一界的责任和使命的故事。全书糅合了诸多上古元素，逆天改命、人定胜天的主题思想贯穿全文，为读者构建出一幅波澜壮阔的玄妙画面。《九天独尊》一经发布，就颇受好评，小说阅览的巅峰时期，单日点击量过百万，曾经的蚂蚁更是以优秀作者的身份受邀参加2019年爱奇艺年度大会。

曾经的蚂蚁善于创新，不拘泥于单一的创作风格。2019年，新媒体风大为盛行。曾经的蚂蚁在结束了《九天独尊》的创作之后，签约点众文学，新书《神医龙主》开始创作连载。全书三百万字，以传统中医文化救死扶伤为开篇，主人公贫困潦倒，但心怀天下，甘于奉献，始终将治病救人放在第一位。其作品节奏不仅够爽够快，更是延续了曾经的蚂蚁一贯的讴歌华夏的文风，连载期间，数次登上畅销榜，成为不可多得的佳作。

曾经的蚂蚁为人自律，他一直强调，以勤补拙。从创作《医行天下》开始，在三年的时间内，他以严谨的创作态度，笔耕不辍，始终保持着每天两万字的更新字数，不管逢年过节，还是身体抱恙，日复一日，从不间断，更是被同行作者戏称为"蚁两万"。幸运不会随意降临普通人的身上，正是因为这样持之以恒的坚持，曾经的蚂蚁才有了如今的成功。

在连续创作多本小说的基础之下，曾经的蚂蚁随后又签约番茄小说网，发布新书《圣手小村医》。该书主人公李凡，生于贫困山村，被养父抚养长大，意外觉醒人皇传承之力，然后开始用自己的力量，将本来落后的村庄，改造成人人向往的繁华圣地。在情节上，采取了一种时空连贯的叙事模式，以村镇为起点，再到县市，最后到华夏的九州之境。

而人物的志向与格局，也从最初的一家温饱，慢慢提升到为国挡风、为民遮雨的高尚境界。作者更是用精湛的文笔塑造了一个个有血有肉的动人形象，比如：为任务舍弃性命，与寇同死的许三夜；为国家安稳，不惜自断修为，一人一剑守国门的李怀仙；还有又萌又痞，动不动就挨揍的老仆苍冥……无数读者纷纷留言，为书中人物破防，沉浸书中，泪流满面。该书多次登榜，读者好评留言一万余条，收获奖章无数，更是被授权开发出有声书，加入剧本改编计划。全书既有男女柔情，又有国仇家恨。作者更是将《山海经》《搜神记》等书中诸多的传统文化内容融入其中，让读者宛如漂浮在岁月长河，从现代社会游历到远古时期，见证人族的起源、发展与兴盛，将虚幻与现实完美地结合在一起，让人流连忘返。

曾经的蚂蚁文笔细腻，既善于描写细微的感情，也精于刻画宏伟的战斗场面，其笔下的主角，虽然是小人物，但都拥有坚韧不拔、勇于向上的斗志，很容易引起读者情绪上的共鸣。其作品一贯宣扬爱国保家的思想，三观端正。作者更是在弘扬本土文化、传承中华优秀传统文化的道路上不断努力。在从事网络文学创作的过程中，他不骄傲，不懈怠，坚守本心，砥砺前行，在中华优秀传统文化中吸收营养，用自己的力量，为建设文化强国和实现中华民族伟大复兴发挥作用。

第十五章　甜宠、暖萌、欢脱
——安向暖青春校园小说的常胜之路

安向暖，云起书院大神作家，甜宠专业户。1997年7月出生于河南郑州，17岁开始写小说，18岁凭借写网文赚钱养家。当时受到《流星花园》《恶作剧之吻》等经典偶像剧的影响，热衷创作青春校园类型的小说，其文风暖萌欢脱，甜宠清新，轻松温暖，被称为"甜宠小能手""打脸专业户"。擅长治愈甜宠风，笔下多是青春校园、都市言情类题材作品，文风欢快，作品辨识度高，深受读者喜爱。代表作品有《陆爷家的小可爱超甜》《我想我已慢慢喜欢你》《你比可爱多更甜》《黑粉和爱豆结婚了》《和傲娇竹马官宣了》《顾男神的小甜心》《余光暖暖都是你》等。作品连载期间，长期占据青春类畅销榜单、原创风云榜前列，拥有粉丝数超40万。目前《余光暖暖都是你》已出版上市，漫画改编有《黑粉和爱豆结婚了》(改编名《继承者驾到》)，影视改编有《顾男神的小甜心》(改编名《班长殿下》)。入榜"2017中国网络文学女作家影响力TOP50"，创作作品十多部，累计字数近千万。

近几年，安向暖活跃于各大榜单之上，展现出网络文学的新生力量。她和其他网络作家一同将网络类型化写作进一步完善和深化，在自己擅长的题材领域中不断创作出优秀的文学作品，使网络文学特别是网络女频文呈现出新的面貌，为网文发展注入新鲜血液。因为网文,她成为更好的自己;也因为网文,她有了更多的选择。

随着互联网及网络小说在中学生中的日益普及,以校园为背景、以青春故事为主要内容的青春校园小说日渐兴盛。安向暖曾回答过她为何选择创作青春校园小说这一问题。她认为校园题材属于网络小说题材中的一个小分类,文笔要求通俗易懂,接近口语化,剧情也主要围绕人物的校园生活展开,对于新手的她来说比较好上手。那时候大概保证每天4000+的更新,第一本书写了10个月,总字数110万左右。创作过程中她深深感受到,对网络小说而言,主角的"人设"和每天更新的"剧情"是最重要的。当你塑造出一个好的角色时,他/她的一举一动都会吸引读者来看。

安向暖的小说主要以高中或大学校园为背景,书写青年男女的爱情、友情与成长经历。小说摒弃了严肃文学热衷的宏大叙事主题和叙事框架,注重个人细腻的情感描写。小说使用大量通俗的、口语化的语言,描写青年男女间琐碎的、情绪化的、日常化的情感互动,迎合了以中学生、大学生为主体的网络读者的喜爱。

《团宠小可爱成了满级大佬》中成功完成快穿任务后的女主相宜在回到自己原本的现实世界后发现,在过去的一年里,有人占用自己的身体干了一些"毁三观"的事情,并且和家人的关系降到了冰点,于是穿越回来的相宜在一档名为《一屋两人》的综艺节目中不断打脸众人、掉马甲,最终又回到宠她的大家庭中来,还收获了一个爱她宠她的男朋友时绥,两人孕育一宝,从此幸福地生活下去。他们经历了前世的种种磨难,换得了今生的相知、相爱、相守。

  该小说题材新颖、设定独特。风格偏治愈和日常,其中描写了大量美食,通过美食来串联全文。女主相宜出生在一个幸福的家庭,虽然爸爸妈妈在她很小的时候就去世了,但她还有四个哥哥和一个小叔叔疼她爱她。没有人不羡慕相宜的人生,但也没有人敢去承受相宜所承受的一切,她来来回回穿越了这么多世界,无论多么艰难,她都不放弃,只为回家。而相宜的家人,无论她做什么事,他们永远都会站在背后支持她,就连当初在相宜身体里的伊伊,干了一些坏事,他们也是一如既往地对她好,保护着相宜的身体,并约法三章,防止她干太多有毁相宜形象的事。这样的亲情贯穿作品始终,同时也支持着相宜勇敢往前走。而相宜和时绥的爱情是双向奔赴的呈现,他们互相信任、守护、等待、陪伴。这篇小说令人触动的地方还在于反映了大量的社会问题,比如娱乐圈的恶性竞争问题、饭圈问题、私生子问题、娱乐公司压榨艺人问题、艺人签约解约问题,等等;另外书中也宣扬了中国传统文化,比如美食、武术、京剧、中医、符箓等等。除了男女主人公之外,这本小说还塑造了多个性别鲜明的配角人物,如拥有绝对话语权的律师精英相琛、腹黑的医学博士相礼、傲娇的全球知名服装设计师相期和职业电竞选手相遇，明明是霸总却是相家团宠的小叔叔相逢，以及一直关心相宜的爷爷奶奶，闺蜜姜酒酒，嫉妒相宜的恶毒女配伊伊、秦晚烟、白若若，爱相宜爱到病态的可怜男配凌夜，等等，这些人物聚集在一起，共同演绎了这样一段青春恣意、纯真美好的人生故事。

《恶魔吻上瘾，甜心抱一抱》这本书是以宁兮儿和纪夜白的爱情故事为主线，以宁兮儿在校园、社会中的经历及和亲人朋友间的相处为副线展开叙述。因乖巧可爱、富有正义感的宁兮儿为朋友出头教训渣男龙哥从而引起蝴蝶效应，全校学生因此受到影响，宁兮儿被迫退学，从而转入了樱木高中，由此与纪夜白展开了一段欢喜冤家、难解难分的爱情之旅。暗恋对象宫修变成自己的"哥哥"，父亲再娶、母亲死因浮出水面等等一系列变故向她席卷而来，将她拍入谷底，纪夜白的出现恰似一道光，给了她全部的温暖，纪家人让她拥有了久违的亲情，在感情的一系列变故中，她始终相信陪伴在自己身边的这个大男孩，纪夜白的温柔呵护也成功治愈了她，最终二人走向婚姻的殿堂。这本小说的人物形象塑造十分成功，如霸道伶俐的总裁纪夜白、温柔可人、富有正义感的小天使宁兮儿，温柔专一的成功人士纪夜墨，风姿绰约、妩媚动人的影后阮西夏，没心没肺、敢于与强权思想对抗的萧希辰，武艺高强、对朋友专一的"女侠"成悠然，身世凄惨、努力改变命运的学霸简宜雪，狐狸般精明但对兄弟忠心的会长言奕琛等。安向暖小说中的人物特征一向鲜明、独特，不同风格、性格的人物搭配在一起擦出不一样的火花。

昂扬向上的朝气和明亮宽敞的校园场景是青春校园小说中最基本的元素。上课、考试、恋爱、放假、毕业、同学间的嬉闹、男女生间的暧昧与捉弄，等等，这些校园里才会出现的场景与桥段，构成了安向暖笔下的校园世界。对未来与理想的憧憬之情、对待爱情的神圣态度、青春期的萌动和迷茫、纯真的友谊以及行走江湖的意气，这些伴随少年成长出现的特质贯穿在安向暖的青春校园小说中。

《蜜爱百分百：校草的专属甜心》（又名《顾男神的小甜心》）中叛逆富少爷顾梓辰和倔强好胜女学霸苏年年因意外相识，这对欢喜冤家在解开误会的过程中围绕学业和成长展开了一段纯洁浪漫的爱情故事。高冷腹黑、犀利毒舌的校草顾梓辰和呆萌欢脱、励志坚强的新生苏年年是欢喜冤家，两人斗智斗勇、互相吐槽。整部小说内容丰富，语言生动形象，文笔细腻，代入感极强。人物塑造具有感染力。小说整体轻松欢脱，剧情编排跌宕轻快，感情线处理细腻，从男女主互动的细节中可以看出他们的感情发展是细水长流和水到渠成的。每个人的故事都深入人心，与众不同，别有风味。这部小说的意义并不仅仅是给读者讲述一个幸福、甜蜜的爱情故事，更是书写与展现了男女主成长过程中所经历的困难和收获的考验。全书故事线索清晰明朗，紧紧地围绕男女主人公的经历展开。情感故事的叙事比重较大，收获了不少年轻一代读者的喜爱。

"认识你的时候，还是一身校服。确定你的时候，已经一袭婚纱。从最初的认识，到最终的相爱，陪你度过了整整一个青春，很感谢也很感激，你的青春里有我，我的青春你也没有错过。"[1]苏年年和顾梓辰的感情之路颇为曲折漫长，苏年年的始终如一和顾梓辰的坚守初心，两人从校服走到婚纱，哪怕再多艰辛和苦难，也依然坚守，相互信任，最终他们收获了圆满的爱情。

曾有读者评论："原作在一众同质化的恋爱网文中真的算一枝独秀。当初安向暖写这本书的时候只有17岁，而且处于非常艰难的境地，但她可以创作出这么别具一格的作品属实难得。文笔吊打一众同行，人物名字好听又不落入俗套，剧情编排在你看完一本书后会发现属实惊艳，尤其在第八百章左右开始的唐余、陈源、南柯等人物或者CP的个人篇章补完后，你真的会发现新天地。不仅将每一个人物塑造得与众不同、别有风味而且还完美地补全前文哪怕几百章的所有

---

[1] 安向暖：《顾男神小甜心》，《潇湘书院》，https://www.xxsy.net/authorcenter/1156675.html。

伏笔，那种恍然大悟的感觉我到现在还记得。"[1]

17岁是作者安向暖人生中比较难熬的一个时间段。她做了很多兼职，在快餐店扫过厕所，在婚庆公司打过杂，在书店卖过咖啡，在医药公司卖过保健品，那一年她经历颇多苦难，但她依旧坚强，独自撑了下来。在这样的背景下她开始写小说，书写了青春校园纯真美好的爱情故事。男女主人公之间的分分合合、艰难守护，女主人公永不言弃的自强精神，都是她下笔书写的重点。不论人生中遭遇过怎样的经历或挫折，读者都可以在故事的结尾得到一个答复：不管曾经有多糟糕，只要坚守初心、乐观自强，就能成就一个更美好的自己。

《你比可爱多更甜》也是甜宠、无虐、轻松的青春校园小说。在陆见川两岁时，他妈妈的好友杨拂柳生下了一名女婴，并取名为温晚晚。陆见川和温晚晚两人长大后在同一所学校读书，共同成长，相互陪伴。在这个过程中两人情感也发生了变化，他们渐生好感、相互喜欢。高中时，为了和温晚晚一个班，陆见川申请了留级手续，并在温晚晚被追求者的前任骚扰时挺身而出保护她。高考过后，在温晚晚解除对陆见川和校花的误会后，两人终于表明心迹走到了一起，也收到了家长的祝福。男女主的相遇是一个让人羡慕的开始，

---

[1] 安向暖：《顾男神小甜心》，《潇湘书院》，https://www.xxsy.net/authorcenter/1156675.html.

青梅竹马的旧识，你陪我长大，我陪你成长，幼时的稚嫩、少时的青涩与如今的悸动，每一种情意都是长久陪伴下的真情流露。润物细无声，无论是无意间手指的触碰还是在情难自禁时克制的举动，每每看来都让人触动。男主将自己所有的在意和温柔都给了女主，对她的呵护和关心远远超过自己，在女主没有办法回应自己时，他理性又克制地隐忍着自己的感情，害怕吓着她，一次又一次地将即将宣之于口的爱意咽下，而在女主有所回应时，又用尽自己最大的爱意呵护她。对他而言只要女主向前一步，那么剩下的九十九步都由他来完成。两人从最初的"相互鼓励""相互陪伴"到最后的"成长为最好的自己"，做出了对爱情最好的诠释。

除了爱情，小说也描写了亲情，女主哥哥在平时生活中总是以一个欺负妹妹的形象存在，但在得知有别人喜欢他妹妹、觊觎她时，又会很小心地保护她，害怕自己的妹妹受伤。文中出现了两个暗恋者，分别是暗恋男主的校花和暗恋女主的男二，相对于男女主两情相悦的结局，他们的爱情是没有结果的，而在得知对方有喜欢的人后，两人也没有对对方过于纠缠，他们的爱不比男女主少，只是因为没有遇见对的人，只能将自己的爱意隐藏，但是他们并没有因此埋怨甚至仇视暗恋对象，而是转而对对方的感情给予祝福，这样理性的情感也是不可多得的。

《误吻腹黑竹马》讲述的是一场盛大的暗恋故事。男女主二人从小青梅竹马。正如李白《长干行》一诗中写的"郎骑竹马来,绕床弄青梅"。二人相互暗恋但十多年来从未向对方表露心迹,在时间的流逝中,二人再也无法隐藏各自的爱意,最后成为一对佳偶。这部小说篇幅较短,文风温暖平淡。女主盛慕夏可爱善良,身上集齐了所有暗恋者的特性,她自卑却又怀揣希望,她坚定信念同时又常常自我怀疑。男主白辰符合众多校园小说的男主设定,长相帅气,学习优异,收获全校女生的喜爱,却只钟情于女主一人,在细枝末节中表露着自己的心迹,却从来没有正式告白。白辰与盛慕夏自小相伴,心中相互爱恋。江南学姐的存在无疑是他们之间感情的催化剂。正是江南学姐的存在,才让盛慕夏认清了自己对白辰的爱意,而这也给了盛慕夏向白辰表白的勇气,最后二人走到了一起。这部小说作为典型的校园题材小说,以男女主的爱情为主线,紧紧扣住爱情这个永恒话题,将少女的青春悸动与少年的情窦初开交织在一起,在平淡与温暖的笔风中展现羞涩且暧昧的青春故事。

《嗨,恶魔校草》讲述了晨江高中三对CP——呆萌迷糊女夏小渔VS腹黑高冷男池非墨、霸气女汉子陆佳宜VS霸道跩二狗韩城川、中二死宅少女凌烟VS沉稳温柔老干部林深煜之间打打闹闹的校园爱情故事。这类青春校园甜文的受众多为青春的种子刚刚在内心生根萌芽的女孩子,这类作品满足了她们对爱情的幻想。整部小说围绕男女主爱情故事展开,甜宠温馨的剧情与男女主间的日常相处重燃女性读者对爱情的向往,帅气温柔的男主满足了女性读者对另一半的幻想。有网友评论说,若平平无奇但是想和有房有车有颜任性年轻有为的大帅哥谈个恋爱?没问题!让安向暖大大的小说满足你![1]

《我想我已慢慢喜欢你》主要围绕顾尧、夏希、徐承宇和周旻等几个少男少女懵懂青涩的爱情故事展开。这本小说通过对少男少女青春期懵懂的爱情、真诚的友情等描写,充分彰显了青春的美好和爱情的甘甜。夏希和顾尧两人表面看起来不太搭,但爱情就是一物降一物,夏希降住了顾尧,顾尧赖上了夏希,两人不被外在因素影响,不在乎别人的质疑和目光,更不在意舆论的抨击,自己的爱情自己做主,不给青春留遗憾。

安向暖很会把握人心,细节的处理与描写很容易戳中读者心底的柔软。作品直面展现现代社会问题及家庭教育问题,如夏希和母亲因聚少离多而产生隔阂,如徐承宇与父母关系的僵化,将当下最为常见的青春期叛逆、父母不和、家庭纷争、家庭教育等问题呈现出来,引人思考。同时小说也书写了校园暴力,如夏希在原来学校的遭遇,同学间的孤立行为,校园内谣言的散播等。校园暴力给夏希的生活造成了

---

[1] 安向暖:《顾男神小甜心》,《潇湘书院》,https://www.xxsy.net/authorcenter/1156675.html.

严重影响，也引发读者深思这一社会问题。网络小说不是一味地谈情说爱，在满足读者幻想的同时也给读者带来更多正能量，引人深思，促人上进，也有利于网友们树立正确的价值观，促进社会的和谐。

安向暖是一位优秀的网络作家，创作了多部让读者青睐的作品，但其小说也不乏存在一些问题，小说类型基本是青春校园题材，叙事模式难以突破固有套路，人物设定方面没有突破传统常见模式和固有思维，男女主过于"偶像化"，性格搭配相对单一。

青春校园小说承载着青少年的成长观、爱情观、友情观、审美观等，在展现青春悸动与甜美爱情的过程中也帮助读者形塑健全的价值观。网络作家应时刻肩负起作为作家的责任与担当，在价值引导与精神传导方面起到良好作用。

第十六章　百变玄幻
——苏迷凉女性玄幻小说的叙事艺术

苏迷凉，腾讯 VIP 驻站作家，大神级写手。生于道教第一洞天王屋山脚下，喜欢研究古代文化，痴迷九流术士、四柱八字和紫微斗数。一手习医学技护理能手，一手行文楚楚侠骨柔情，视码字为信仰，坚信因果和轮回的唯心主义者，最终弃医从文。以第一本小说《绝色轻狂：雇佣兵女神》进入腾讯名人堂，作品涉及多类型题材，有末世文、丧尸文、网游文、空间文、种田文、宅斗文、悬疑文、快穿文等，但采用的基本都是穿越/重生+修仙玄幻的叙事模式，主人公都是重生之后开始自我修炼、提升，不断成长。成长线通过"系统化"的修炼升级体系体现出来，有鲜明的"系统流"特色。作者由此获得"玄幻小天后"之称。作者早期曾参加腾讯各种活动，集主持、谱词、唱歌等多种才艺于一身，以自身魅力征服广大读者，善写玄幻女强，笔锋犀利，内容人气，类型多样。她的第一本书《绝色轻狂：雇佣兵女神》曾风靡腾讯女频，让人爱不释手。她的粉丝遍布全国各地，戏称她为"迷殿下"。此外，这位御姐型美女作家在国外也享有一定声誉，多部作品在海外畅销。

苏迷凉笔下作品有《绝世轻狂：雇佣兵女神》、《凡女修仙传：易言九鼎》、《丧尸凶猛：重生在末世》、《盛世锦瑟：庶女不可欺》、《大神归来：网游第一女盗贼》（未完结）、《毒医嫡女：夫君让我扎一下》（未完结）、《强追99次：废物天才绝世妃》、《嫡女医妃：妖孽王爷知错了》（未完结）、《法医神探小娇妻：你被捕了》（未完结）、《重生斗凰：凡女修仙》（未完结）、《快穿：物竞天择》（未完结）、《快穿大佬们得知我在星际》（未完结）、《农女重生：田园肥妻不好惹》等。这些作品几乎都是采用的"穿越/重生＋修仙玄幻"模式，故事模式虽有相似，但故事背景设置、人物塑造有很大差异，由此呈现出多样类型的玄幻小说。

《绝世轻狂：雇佣兵女神》主要讲述了女主人公洛轻狂从21世纪穿越回某一架空历史——五国鼎立时期（以玄天国为中，北为苏皇国，南为龙神国，西为云雪国，东为西域国），从一个身怀绝技的雇佣兵变为一个镇南大将军家的"草包五小姐"。在这一个尚武的时代，女主天生经脉闭塞，毫无修仙可能。但因有着两世记忆，她在前世雇佣兵的经历帮助下逐渐打通经脉，进入学堂学习，不断深化修炼之法，披荆斩棘，逐渐修炼成"神罚之神"。《凡女修仙传：易言九鼎》中女主人公楚依凡从一个"古人"，穿越到十二岁的女初中生身上。前世她是一个女道士，跟着一名筑基期的道长学了些许道术，能够得知些许人的命理，算出人命之事。但正是因为懂得《易经》，帮助了一个困苦之人改命，她违背了天道,因果轮回,才会被那人的仇家给害死,穿越到了21世纪的初中生身上,每天打架、斗殴、不务正业,学习成绩差得次次都是最后一名,还很花痴地经常告白学校风云排行榜榜上帅哥。但因拥有前世记忆,有一定的修道功底,她在迅速学习21世纪新的技术和适应新的生活之后便开始修炼,其间也多次在"换地图"中不断磨砺和锻炼自己,经历了诸多历练,最终修炼到筑基期,还将朝着更高境界迈进。《强追99次:废物天才绝世妃》中21世纪女特种兵拒捕被枪毙,穿越到修仙界废物秦苏落身上。因带着前世特种兵的记忆,结合现世的修仙方式,学习玉女剑十三式,修补经脉、学习剑法、突破境界。内门弟子大赛上,一柄仙剑,大放光芒,让一向小看她的人颇为震惊。随后修炼渐入佳境,感悟意境,轻松简单,雕刻阵法,信手拈来。绝世风姿在修仙世界产生一定轰动。深水幽棺中,与神秘男子结缘,后生下一子萧星辰,成为王妃,带着萌娃修仙练级,和夫君一起打怪升级。《丧尸凶猛:重生在末世》女主人公苏陌然在丧尸时代,因为识错人被丢在了丧尸堆里啃食,她肉体被撕裂,周身鲜血淋漓,却也因此穿越回到两年前,这给了她一次从头再来的机会。这一次,她在黑色耳钉的帮助下拥有了一个随身空间,她利用这个空间存储食物,也在总结前世经验的过程中及早地规划应对丧尸的策略,帮助家人求生,也拯救了很多人的生命。在与丧尸斗智斗勇的过程中经历了很多挫折,最终带领大家在丧尸时代生存下来，而她自己也在这一过程中成长为一个坚强的勇者和英雄。《毒医嫡女：夫君让我扎一下》中顾家嫡长女顾七月，七月十五中元鬼节出生，命硬三分，聪明温婉，医术超绝。可惜六岁发烧咳嗽，被嫡妹妹拿来雪梨糕食用后，身中剧毒，浑身起满血疙瘩，无法见人。顾七月外公杜长亭为太医院一流太医，用神鬼十三针帮她逼毒，体内之毒从指尖逼出，唯有头部之毒无法逼出，只得从额头静脉处割肉放血，最终导致容颜俱毁，更因脑子中毒而时常会剧毒发作，病痛入骨，神志尽失，状似疯癫。但天医神针门下唯一传人顾七月在顾家嫡女顾七月被身边亲人陷害致死后穿越重生在她身上，又替她活了一次。作为天医神针门下传人，上过战场杀过敌，走南闯北，知晓天下之事，穿越之后她利用自己娘亲留下来的各种医书、丹药等，不断钻研提升自己的能力，从此开始打脸他人，逆袭成长。《农女重生：田园肥妻不好惹》中陆秋叶因长相一般、体重过重被纪家退婚，重生之后她走上自立自强之路，学习生财之道。凭借着机遇与自身的毅力赢得了很多人的尊重，也赢得了自己的未来，最后还赢回了纪九司的真心。苏迷凉的作品基本都是修真修仙题材，女主开篇重生穿越，不断崛起自强，最后取得成功，打脸他人。苏迷凉凭借着独特的构思、大胆的想象、天马行空的设置、细腻的语言规避了同类型题材的重复，在不断创新的路上使作品大放异彩。

作者对玄学、周易有深入研究。山医命相卜被称为玄学五术。苏迷凉在作品中也融入了大量的玄学知识。如《凡女修仙传：易言九鼎》中的女主楚依凡重生之后回到家的第一幕故事是发现自己家的布局不对，从玄学角度相对专业地论述了"风水"的相关问题。"堪舆，也就是风水。这世间总是有人不相信麻衣相术和风水的一些东西……如果说这风水什么的是迷信，也只是一些不入流的小角色将这道术的精华学了一点半点，随即拿出来糊弄人。在中国传统中，钟是很有意义的。它既有八卦的功能，又能够影响风水。这个钟放在房间的正中间，所有的人进来，岂不就是'见终'了？不过，这倒并不是最影响风水的，最重要的，还是楚依凡眼前桌子上的一面小镜子！这面镜子很是漂亮，固定地放在了桌子上。却正是这一面镜子的存在，无意中，竟然将这间房屋给制作成了一个'阴煞绝阵'！楚依凡眯着眼睛，看到这具死亡的身体，这屋子里的风水也早就看出来了。想到这里，楚依凡便没有再说什么，只是把屋子里里里外外给收拾了一遍。不但把镜子给收了起来，顺便把窗帘给拉了开，让屋子充满了阳光，以晒走屋子里的阴气。"[1] 这样的一段话将周易、玄学等知识自然地融入情节架构和人物塑造之中，将女主人公有着修道经历与相关知识储备的形象很立体地型构出来。

---

1 苏迷凉：《凡女修仙传：易言九鼎》，顶点小说，https://www.jtjuw.cc/xs/23/23389/.

"以前被世人所重视的易经、玄学五术，如今竟然只剩下了个中医……楚依凡叹口气。这也是天意吧。毕竟能够触摸到天道的人太多的话，一个个都会遭受天谴。"[1]作者在作品中让我们看到了现代修真和易经八卦的相关知识，这也是中国传统文化典藏的一部分。

"修真界，正与邪，世事难料。一切只为道家第一洞天，终有一天，我必登上王屋的顶端，弹指逆苍天！他们要将玄学五术正名，让这些东西能够再次在中国本土发扬光大。捍卫本土的文化，不能够让有心人前来窃取。"[2]作者也借作品表达出了对这一传统文化的珍视和传承的决心。

另外，苏迷凉的作品基本是以女性为主人公，以女性人物的个体经历、修仙修道体验和成长历程为线索展开故事，讲述女性在这个过程中的自强自立和自我成长。小说中虽然也有男性人物的塑造，几乎都会给女主搭配男性CP，但相对女主个体成长线的塑造，男性人物要弱化得多。且女性个体的成长不依附于男性，爱情只是锦上添花，而非雪中送炭。

苏迷凉走上网络文学创作之路已有十多年，她对网络文学的发展、特征、规律及其生存法则有着清晰的认知。从事

---

1 苏迷凉：《凡女修仙传：易言九鼎》，顶点小说，https://www.jtjuw.cc/xs/23/23389/.

2 苏迷凉：《凡女修仙传：易言九鼎》，顶点小说，https://www.jtjuw.cc/xs/23/23389/.

网络写作行业之后她重新认识了"自由职业"这一工作的性质,有了更加规律的生活。"……100万字写下去,你的颈椎,你的腰,你的手指……都会给你发出警戒信号。"她还对此提出相应建议,"用番茄计划激励自己,每写25分钟,休息5分钟,站起来活动一下也是极好的。最多连续不要超过两个番茄时间。其间不要吃零食,可以喝茶或者咖啡,用来提神。"苏迷凉在自己多年的创作经验基础上提出切实建议。另外,苏迷凉也提出创作时"适时治疗拖延症、三分钟热度、自我设限、眼高手低"等问题,要注意"及时充电",切莫只输出不输入,造成过早"江郎才尽"的状况。

同时,苏迷凉对受众群体和作品欢迎度有一定认知。"写文若是为了自己享乐,那便随便写写日记,写写美句,而后沉醉一下——啊,我文笔真好——这就足够了。然而,文是有受众的,读者们有自己独特的审美,这种审美就是套路。进了网文小说的圈子写网络小说,便不要把读者当傻子,不要把大众的审美看得不如自己高雅。任何文章都是为了服务而生,看为谁服务而已。论文有论文看的人,散文诗歌有他们的群体,网文小说的群体就是孩子和一部分追求幻想的年轻人。妄想自己一本书就能受众广大,上至老,下至小,从男到女,从人到兽……嗯,你一定是在做梦,这连人民币都做不到。"[1]在兼顾作品文学性、艺术学与审美性的前提下,苏

---

1 苏迷凉:《写作需要解决什么问题》,苏迷凉微信公众号。

迷凉结合网文的商业性、市场性,创作出既具有正能量也颇具流量的畅销作品。

后　　记

  2020年6月博士毕业后，我从济南回到郑州，入职河南工业大学。工作之余，我开始了解河南省的网络文学发展状况。机缘巧合之下结识了河南省网络文学学会副会长、副秘书长麦苏老师，在她的帮助和介绍下，我逐渐开始走进"现场"，采访省内知名网络作家。除麦苏外，河南省网络作家庚新、会说话的肘子、我会修空调、萧瑾瑜、苏月夕、烟波江南、恋云、苏迷凉、承九、碳烤串烧、曾经的蚂蚁、行者寒寒等也给我的研究提供了极大的帮助。他们热情、真诚，让我感受到了河南省网络文学作家群体的朝气和活力。

  岁月妥帖，时光绵长。从搜集资料到阅读作品，从准备采访文稿到与作家们深入交谈，从整理访谈记录到分析作家作品，前后共经历两年多时间。在这两年多时间中，我浏览了百余部小说，字数过亿，最后形成二十四万字的书稿，将作家论和采访录结合起来，系统、整体、全面地展现网络文学"豫军"的创作样态与发展状况。在整理访谈记录过程中，我的学生彭婉玉、陈丹、刘文、能程静、郝颖，西南政法大学的孟子航，郑州财经学院的郭婉婷等给我提供了很多帮助，在访谈内容从语音转为文字的过程中完成了初筛工作。非常感谢他们。但因本书字数有限，采访内容不能放进来，实属遗憾。

在这个数字化、信息化的时代，网络文学以前所未有的速度和广度蔓延。而"豫军"，作为其中一支奇兵，以多样的笔法和敏锐的洞察力，为网络文学注入了新的活力。在这些文学作品中，我们似乎可以看到岁月的痕迹，感受到时代的变迁。网络文学"豫军"还在不断壮大，河南网络文学还在不断发展，由于我自身的浅薄与孱弱，未能将河南网络文学的魅力及其作家群体的创作风格完整呈现。谨以此书献上我对河南网络文学的一些粗浅思考。希望这本书能成为大家深入了解网络文学"豫军"的一扇窗户。河南网络文学如同一条奔腾不息的河流，而我所做的研究，仅仅是河流中的一滴水。期待这滴水能够激起更多的涟漪，引发更多人对网络文学"豫军"的关注与热爱。

感谢为这本书顺利出版而辛劳付出的老师们。感谢亲朋、师友、同事对我的支持和鼓励。

感谢晨同学的陪伴和包容，作为网络文学的资深读者，给我的研究也提供了很多帮助。

感谢父母家人的支持。他们一直毫无保留地付出，给了我爱和包容，在我疲累的时候给予我安慰和鼓励，让我重拾信心。

坎坷之路，终抵星空。力有不逮，但我将继续前行。

2023 年 11 月 30 日于郑州